北京长江新世纪文化传媒有限公司

www.cjxinshiji.com

出品

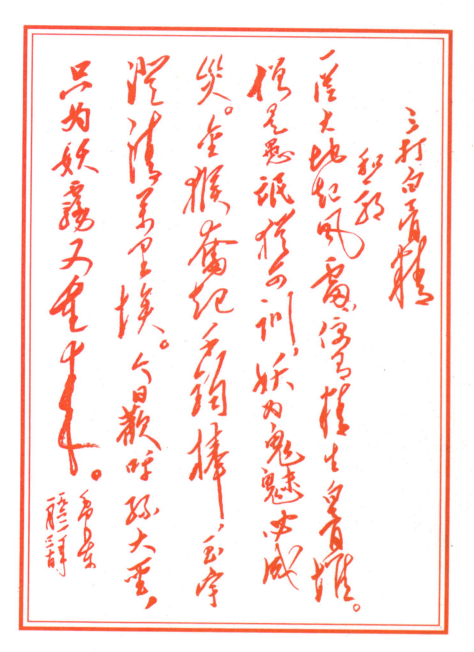

三打白骨精

一从大地起风雷，便有精生白骨堆。
僧是愚氓犹可训，妖为鬼蜮必成灾。
金猴奋起千钧棒，玉宇澄清万里埃。
今日欢呼孙大圣，只缘妖雾又重来。

希东
郭沫若

毛主席观看了父亲主演的电影《孙悟空三打白骨精》后，
于 1961 年 11 月 17 日写下《七律·和郭沫若同志》

1.2004年2月27日在北京人民大会堂被丹麦首相拉斯穆森任命为2005年纪念安徒生诞辰200周年亚洲区友好大使

2.2015年4月8日在越南驻华大使馆内，越共总书记阮富仲为越文版《六小龄童品西游》题词签名

3.2016年5月19日在尼泊尔首都加德满都与尼泊尔总理卡德加·普拉萨德·夏尔马·奥利参加宴会

1.2014 年 5 月 23 日在缅甸首都内比都会见
缅甸第一副总统赛茂康
2.2016 年 5 月 23 日在加德满都总统府会
见尼泊尔首位民选总统比迪娅·德维·班
达里
3.2008 年 4 月与一诚大和尚合影

1. 上海六小龄童艺术馆于2012年6月16日开馆
2. 在小学与孩子们在一起
3. 2010年10月4日在深圳与读者们在一起

1.2015 年 2 月 14 日 在英国牛津大学讲演前与该校副校长罗林斯先生留影

2.2015 年 7 月 5 日与著名评书表演艺术家刘兰芳女士等获得由联合国教科文组织总部、尼斯市政府颁发的"和平大使"荣誉证书

3.2015 年 7 月 4 日应邀在法国巴黎第六大学讲演

2017年11月22日在马来西亚首都吉隆坡举行的"2017世界杰出名人榜颁授典礼"
上获颁唯一"世界文化名人"功勋荣誉奖章

目录

再版序

写在《行者》出版两周年之际

《行者》自 2016 年 6 月 1 日在北京杜莎夫人蜡像馆首发，到这本增订版出版，相隔了整整两年时间。两年来，我和《行者》走过了北京、天津、上海、广州、海口、重庆、成都、石家庄、厦门、济南、郑州、呼和浩特、沈阳、吉林、哈尔滨、太原、兰州、武汉、长沙、贵阳、杭州、南京、银川、西宁等全国几十个城市，进行现场签售。而每一次的签售现场，都令我印象深刻；每一场签售，都让我切身感受到了每一位读者的热情。

在这几十场签售会中：有的读者提前几个小时排队等待，不畏严寒酷暑；有的读者从外地千里迢迢特意赶来，只为我签名的那一瞬间；有的读者扶老携幼，带着全家人来排队；有的读者一次性购买几十本乃至上百本《行者》；有的读者让我把名字签在衣服、手机壳、书包上；有的读者看见我就泪奔；还有一些读者，给我送来各种各样的小礼物留作纪念……这些读者的年龄范围，上到九十九，下到不会走——很多还不会走路的小朋友是被爸爸妈妈抱着过来的；甚至有孕妇也排着长队来到签售现场，表示她是看我的戏长大的，等她的猴宝宝（农历猴年内即将出生）长大后也要读我的书，令我非常感动；同样让我感动的是，很多老人家在孩子的陪同下，也在排队等候的队伍当中。

在《行者》之前，我陆续出版过《猴娃》《"孙悟空"的成长日记》《金箍棒的秘密》《六小龄童品西游》《听孙悟空说西游》等多部书，但《行者》作为我的唯一一本自传，第一次系统讲述了我的整个人生历程以及艺术理念。超乎我想象的是，每到一地，现场都会被几千名读者挤得水泄不通，出版社准备的书则每次都一本不剩。家人和身边的工作人员都给我提意见，说这样一场场到处跑着签售，不仅占用了大量时间，而且还很辛苦。的确，很多时候为了赶场，我连饭都没时间吃，只能随便对付。每次签售都要持续几个小时，签完以后我总会感觉精疲力尽，胳膊酸疼。但我觉得这所有的辛苦都是值得的，一是因为长江文艺出版社的所有工作人员在出版和推广这本书的过程中都很用心，费了很多心血。二是因为很多读者都期待能够和我见面，当面签书和从网上购买，对读者来说满足程度是完全不一样的。我亲眼看到了很多读者因为现场拿到签名而紧紧握住我的手，流下激动的泪水；我也亲身感到了很多读者通过《行者》签售会对阅读产生了热爱。每次我也会鼓励大家多读书、读好书。三是我认为现场与大家交流，是很好的传播西游文化的机会。每到一地，出版社和当地书店都会安排记者对我进行采访，我也通过《行者》签售会与全国各地的媒体都做了交流。

回想起《行者》在将要出版之际，关于它的名字，出版社建议面向广大网友征集，于是就有了从7万多名网友投稿中选中的"行者"这个名字。

后来有记者朋友说，之前从来没有一个作者像我这样，写自传还要对外征求意见，往往都是自己定了名字，书出来之后再给读者看，从来没有听说让读者定书名的。我对此的看法是：我最需要感谢的就是每一

位观众和读者，他们可以参与我的自传创作。事实上，我也因此收获了很多。一些没有入选的书名其实也很好，比如"苦练七十二变，笑对八十一难"是我的座右铭，"一念一生"体现了我二哥小六龄童对我一生的影响，"一世猴缘"是对我人生的生动概括，还有"金猴莱也"，巧妙地把我的角色和我的名字融为一体。

"行者"这个书名最终入选的理由是，出版社人员认为它与我的一生十分贴切，我的一生可以说就是一个行者，不停地行走在传播弘扬以西游文化为代表的中国优秀传统文化的道路上。此外，"行者"也能够引起很多读者的共鸣，我曾经说过，每个人都是西天取经路上的行者，都在求取自己人生的真经。通过《行者》的出版，我也成为了几位出版业内人士口中的"请读者决定书名的'怪作者'"。

这次在《行者》出版两周年之际推出的增订版中，应广大网友的要求加入了我近两年来的最新动态，并对装帧工艺做了升级，更加适合收藏。感谢大家一直以来对我的喜爱和关注。未来，我不会停止弘扬西游文化的脚步，期待在下一座城市与你相遇！

六小龄童

2018 年 4 月 18 日

序言

行者再行

公元 2016 年 5 月 20 日，是我一生中值得永久纪念的日子。我乘坐螺旋桨式小型飞机，从佛国尼泊尔的首都加德满都飞往蓝毗尼。尽管飞行时间只有短短 40 分钟，但这个过程惊心动魄。飞机起飞不久便开始剧烈颠簸，有几次直冲而下，客舱里传出乘客的尖叫声，同机的僧侣已经在双手合十祈祷，但我的内心却前所未有地平静，这平静，源自脚下这片圣土……"佛祖"护佑，当晚我顺利抵达并参拜了魂牵梦萦的佛祖出生地，这晚，成千上万人点亮了祈福的蜡烛，场面无比震撼。回望自己 57 年的艺术人生，我百感交集，犹如凤凰涅槃，再获重生。

此次应尼泊尔总理邀请，担任中尼文化友好使者，出访尼泊尔，收获巨大。我参加了纪念释迦牟尼诞生 2560 周年的纪念大会，出席中央电视台电视剧《西游记》尼泊尔语首映式，参观了猴庙，并走访尼泊尔民间学者，探访当年玄奘法师的足迹。

玄奘法师和蓝毗尼渊源颇深，早在 1300 多年前，玄奘法师就曾赴佛祖释迦牟尼诞生地蓝毗尼礼佛求法。他在《大唐西域记》里细致描述过蓝毗尼的悉达多宫殿、河流等很多遗迹。此刻，站在这片佛教圣地上，

我感慨万千。

玄奘西行，乃世界千年壮举。他发愿西行，直探原典，重新翻译，以求得佛教真理。西行路上，历经险阻，走过八百里大沙漠的行程，"上无飞鸟，下无走兽，四顾茫茫，人马俱绝"。时常忍饥挨饿，时常盗贼威胁，但法师志向坚定，誓言："不求得大法，誓不东归一步。"——唐太宗称玄奘法师为"千古完人"，鲁迅称之为"中国的脊梁"。

吴承恩先生以玄奘法师为原型，以《大唐西域记》为素材，创作了东方巨著《西游记》。这部富有神奇色彩、描述佛家弟子不远万里历尽艰难险阻求取佛经的神话小说，400多年经久不衰，影响遍及全世界。《西游记》除却本身引人入胜的情节外，还包含了许多可以品嚼的人生智慧。孩子们喜其情节的离奇与绝妙，成人则赏其正义勇敢、善良真诚、乐观向上、自信执着，娱者爱其无穷快乐与艺术享受，学者恋其深含的学术韵味，而智者体味其生活哲理。

《西游记》中美猴王孙悟空形象，改变了我家族的命运，更是彻底改变了我的命运。

我的家族章氏猴王世家，以塑造孙悟空形象为家族理想，一代又一代演绎美猴王的故事。章氏猴戏，从中国五千年历史文化中汲取营养，从无到有，从原始模仿到集大成，历经曾祖父、祖父、伯父、父亲、二哥、堂兄和我等四代人，时间跨度长达一个世纪。把《西游记》的故事及美猴王从绍兴社戏的水乡舞台，演绎到了美国纽约时代广场。

我有幸用17年时间，用电视剧的形式呈现《西游记》，献身这份艺术和智慧不朽的功业。1986版的《西游记》，是中国戏曲猴戏艺术传承的产物，凝聚了一代又一代猴戏大师的心血，也是全国最好的导演、演员、美工、摄影等全力配合，才铸就了这部经典，塑造了我这个美猴王形象。

《行者》，主要讲述我行走生命的历程。回顾57年岁月，人生如戏，酸甜苦辣，五味杂陈。我想，自己也许正如玄奘西游一般，行走在人生的漫漫沙漠上，历经九九八十一难，探寻人生和艺术真经。

今年是中国农历猴年，"大圣归来"的呼声，让我有一种英雄归来的滋味。其实，我从未离开过。如果说，我年轻时苦练猴戏，用17年时间拍摄电视剧《西游记》，是在传承中国猴戏艺术，那么，在《西游记》后，我又用了10余年时间，从幼儿园到小学中学，从北大清华等国内院校，到哈佛大学、牛津大学、伦敦大学、巴黎第六大学等海内外近千所学校，和学生们交流思考，则是因为我的另一个理想：希望通过自己点点滴滴的努力，让坚忍不拔的玄奘西行精神，让永不言败、不屈不挠、乐观向上的猴王精神走向世界。

在我心里，猴戏不姓章，而是属于中国，属于全世界。

每个人心中都应有一座属于自己的灵山，每个人都是西天取经路上的行者。

路途漫漫，前路遥遥，要翻过多少座山，要涉过多少条河，才能走到那个完美的终点？行走，行走，不管是踉跄前行，还是疾风劲走，总是在路途中。踏着取经之路、人生之路、丝绸之路、一带一路，我的梦、家族梦、中国梦一定好梦成真。

吴承恩赋予孙悟空生命，我要赋予孙悟空灵魂，并且让孙悟空真正腾飞起来。

在本书《行者》中文版即将付梓之际，我衷心感谢时代，感谢生活，感谢《西游记》剧组全体艺术工作者，感谢在我人生艺术道路上给予我无数帮助的师友家人。感谢为此书付出巨大努力的长江文艺出版社及所有工作人员。

行者再行。

2016 年 5 月 21 日于蓝毗尼（尼泊尔时间 23 点 56 分）

一念一生　遗言痛

一生做成一件事，就很了不起

在纪录片《重走玄奘路》中出任
总导演并饰演玄奘大师

在我脑海深处，永远清晰地镌刻着这样一个画面：

一个阴雨天，在浙江医科大学附属医院的一间老式病房里，一个小男孩趴在病床边，一个脸色苍白的年轻人躺在病床上，气息微弱地对小男孩说：

"金莱，我就要死了……"

小男孩一脸懵懂："哥哥，什么是死啊？"

年轻人叹了口气，伸手轻抚小男孩的头发，缓缓说道："死就是你再也见不到我了。"

小男孩大眼一瞪，泪水顺着脸颊就下来了，他哽咽着拉住年轻人的手，仰着小脑袋问："那我怎样才能见到你啊？"

年轻人轻轻拍着小男孩的肩膀，充满爱怜地说道："当你演成美猴王孙悟空的那一天，就能见到我了。"

趴在病床前的小男孩是我，躺在病床上的年轻人是我的二哥章金星。那一年，我7岁，二哥17岁。

二哥去世的日子是1966年4月13日，而我的生日是4月12日。去世前一天，二哥还在给我过生日——其实二哥在4月12日这一天思维已经很模糊，基本上不怎么会说话了，但是他一直配合医生。可能是

这张兄弟合影拍摄于 1963 年。中间是二哥章金星，左边是四哥章金跃，右边是我。当时我只有 4 岁，二哥也不过才 14 岁，那时的二哥是个英俊阳光的少年，谁会想到，他的生命竟会在 17 岁戛然而止

一种原发的、自然的、本能的感觉，他一定要熬过这一天，否则，以后我的生日将永远成为他的忌日了。

当二哥走向天国的时候，年幼的我还不明白死是什么，我只知道，二哥是要去一个很远很远的地方，我将再也见不到他，再也听不到他给我讲孙悟空和猪八戒的故事，再也不能和他一起去看电影，去街头看小人书……

随着年岁的增长，我对二哥逝去的哀痛已经转换成深沉的怀念，但他临终前的那句话一直回响在我耳边："当你演成美猴王孙悟空的那一天，就能见到我了。"这句话指引了我人生的方向。

朋友跟我聊天时有这么一个感觉，只要谈话超过三句，我就会把话题转移到"孙悟空""美猴王""猴文化"那里去。他们甚至问我："你究竟有没有自我？你就为猴子活着？你就为你的猴王家族活着？"

我非常肯定地回答："是的！"我无法轻松地为自己活着。或者，

对我来说，这是一种责任。而在这种责任后面，紧跟着一连串酸甜苦辣的故事。

我常说："我是随着猴魂而来的。"我的血液里、骨髓里已经深深打上了美猴王的烙印。因为我和二哥之间那种特殊的感情，我仿佛注定要成为猴王世家的顶梁柱，代替我的二哥，完成那个未了的心愿。

薄皮鸡蛋 劫少年

吴承恩赋予孙悟空生命，我要赋予孙悟空灵魂

2015 年 6 月 20 日在上海
六小龄童艺术馆

祖辈：从绍兴石板路走上西天取经路

我的家族是蒙古族的后裔。元末明初，蒙古战败后，朱元璋把驻在南方的蒙古军队集中在一起居住，贬为堕民，世世代代只能做吹唱道士、吹鼓手、喜娘或傧相这些社会最底层的工作，男人不许读书，女人不许缠足。

我祖籍浙江绍兴上虞，章氏四代猴王，是从我曾祖父"活猴章"发源的。

从曾祖父开始，我家的猴戏有了些名气。曾祖父经常在田间地头拿着锄把，戴上木刻的孙悟空脸谱，光着脚演起孙悟空。时间久了，远近闻名，赢得"活猴章"的美名。

真正把绍戏的猴戏发扬光大的，是我的祖父。祖父在猴戏的表演上形成自己独特的民间风格，并赢得"赛活猴"名号，成为绍兴名角。天有不测风云，祖父不慎在一次演出中摔伤了腿，从此再也无法登台。但祖父凭着自己灵活的头脑，做起了戏业生意，并逐步积累资金，来到上海开了老闸大戏院等四家大戏院，他把带去的绍戏班社扩展成了同春舞台，自此，绍戏便从一个地方民间戏走上全国大舞台。到1950年，绍戏被正式定名为"绍剧"，这是后话。

祖父当了"老板"，家庭富裕，不希望子弟还在"贱民"职业中打转。于是，祖父祖母坚决不让自己所有的孩子都演戏。一开始只允许我伯父学。

兄妹七人，笑靥如花，我们在上海老闸大戏院的阳台上合影

少年时，伯父七龄童就开始在上海老闸大戏院登台表演并逐渐走红。从小对戏痴迷的父亲心有不甘，便和伯父一起不断地游说祖父祖母。终于，祖父同意父亲演戏，没想到父亲一炮而红——父亲有了"六龄童"的艺名，很快就成了绍兴大班的小童星。凭着自己艰难的打拼，历经粉碎性骨折、"倒嗓"（戏剧演员在青春期变声变坏了）等困难，执拗的父亲仍然没有退缩，反而越战越勇。看京戏《西游记》时，盖叫天之子张翼鹏及郑法祥等的孙悟空造型和表演艺术让父亲甚为倾倒，大饱眼福之余，父亲萌生了

要学猴戏演孙悟空的念头。

父亲观摩了京剧、昆剧、婺剧、沪剧等多个剧种的猴戏，将各个流派的猴戏艺术融会贯通，博采众长，创造出了具有绍兴乡土风味的绍剧猴戏风格。并对脸谱、头套、服装等认真钻研，在前人的基础上改进，使之更加生活化。父亲还养了许多小猴子，每天对着镜子学习猴子的动作，走到哪儿都要把猴子带在身边。久而久之，父亲终于揣摩透了猴子的喜怒哀乐，对其进行美化和改造，并将它运用到孙悟空的形象塑造中。就这样边学边练边演，现学现卖，父亲从《猴王出世》《漂海学艺》一直演到《大闹天宫》，他演的孙悟空终于自成一家，被尊为开创猴戏"活、灵"风格的"南派猴王"。

新中国成立后，父亲担任浙江绍剧团团长，参加各种戏曲表演活动，获得了很多奖项和荣誉，多次为党和国家领导人演出，并获得认可。

"文化大革命"时，父亲被扣上了"大戏霸""大右派""反动学术权威""反革命修正主义分子"四顶大帽子，不仅被剥夺演出的权利，还要接受隔离审查，紧接着又被编入"牛鬼蛇神"劳改队，发配到乡下服苦役。直到1972年年底，父亲才从"五行山"下被放出来。1974年，浙江绍剧团到军队慰问演出，身患胸膜炎的父亲表演了绍剧《白水滩》中的武打戏。已经52岁的父亲终于重登舞台，久压在"五行山"下的"南猴王"重新出山！

二哥：父亲最中意的接班人

父母一共生了 11 个孩子，6 个儿子 5 个女儿。父亲演猴戏时，每当舞台上的小猴子数目不够时，就把家里所有的孩子拉到台上去——但父亲并没有让我们都从事猴戏，除了二哥章金星。

父亲认为二哥是演猴戏的天才，并给他取艺名"小六龄童"——意在培养他做接班人。

二哥小名妙良，出生在上海老闸大戏院的楼上，小时候的催眠曲就是锣鼓点子。在铿锵入耳的戏院锣鼓声中，他就能够安稳入睡，而锣鼓声一停，他就会马上醒来。长到 8 个月大时，二哥开始不满足于躺在床上听锣鼓点子了，只有抱着他坐在戏台下让他看戏，他才会安静下来。

二哥在戏院看着戏长大，到 3 岁时已经能够将很多戏的道白加唱词倒背如流。剧团恰好排练《铡美案》，秦香莲有一段哭诉陈世美的唱腔，需要拖儿带女上场。团里有人便向父亲提议让二哥扮演秦香莲的小儿子。父亲想，反正是个小龙套，演砸了倒也无伤大雅，便答应了。没想到二哥上场后便立刻进入了角色，他跟在秦香莲的身后，偷眼望着她如何演，亦步亦趋地跟着学：她走他也走，她停他也停，她哭他也哭，她拭泪他也拭泪，引得台下观众忍不住鼓掌叫好。

自此，二哥就包揽了所有剧目中小孩子的角色和所有猴戏中小猴子

这是二哥短暂一生中留下的著名照片——周恩来总理把一只天真无邪的"小猴"搂在肩上，开怀大笑。这只小猴就是我的二哥小六龄童——章金星

的角色。他没有上过学，却能无师自通地理解剧情。他还学会了自己化装，化装师给他化一遍，他就会自己化，各种猴子的造型勾脸，都是他自己化的。他在舞台上充满童趣又一本正经的形象受到了广大观众的喜爱。开始是他离不开剧团，后来就成剧团离不开他了。

　　1957 年，二哥正式成为浙江绍剧团的"艺徒"。那一年他才 8 岁，却已有 5 年的演戏经验。

　　1957 年 12 月 15 日，周恩来总理在上海中苏友好大厦陪同时任缅甸总理的吴奈温先生观看绍剧团演出的《大闹天宫》，父亲六龄童扮演孙悟空，伯父七龄童扮演杨戬，二哥扮演小传令猴。演出结束后，总理陪同外宾健步走上舞台，伸出手，一把将父亲的手握住，对他说："我是绍兴人，看绍剧可还是第一次。你们演得很好，外宾看了很满意。"总理还问到绍剧的曲调，问完后，总理回身抱起了一直在旁边蹦来跳去、还没有卸装的二哥，将他擎起，举在空中。此时，观众掌声雷动，上海《新民晚报》的记者也趁机抓拍下了这张经典的照片。

　　这一次的接见中，总理还对父亲说："文艺事业需要接班人，你要把下一代带出来，多培养几个小六龄童呀！"

不愿叫"爸爸"的孩子

　　二哥是一颗过早绽放光芒又转瞬即逝的流星，他很小就承担起与他那个年龄不相匹配的责任，却很少享受到父亲母亲的爱护。那时，父母为了生计奔波，无暇喘息，想照顾他也照顾不过来。二哥幼年是在其他人的照顾下成长的，母亲一会儿将他托付给这个邻居照看，一会儿把他送到那个伙计手里，等母亲回来时，这些人再将二哥送回来。母亲很心疼，可为了谋生，也无能为力。

　　二哥从未上过一天学，可是记性特别好，他通过自学认识了许多字，读得懂剧本，记得住台词——这也许得益于他从小对连环画的痴迷。不管到哪个城市演出，二哥都是街头巷尾小书摊的常客，凡当时新出版的连环画他都看过，看后还要向我们讲述书中的情节。他平时非常节俭，从不乱花钱，可对自己钟爱的连环画却很舍得花钱买。二哥最喜欢的连环画是《七侠五义》《水泊梁山》《三国演义》等，他对书中主要人物过目不忘，什么"龙图阁大学士包拯""南侠展昭""北侠欧阳春""豹子头林冲""及时雨宋江""黑旋风李逵""刘、关、张""曹、周、诸"等等都能倒背如流。这对他后来的从艺之路起到关键作用。

　　二哥不到3岁就跟随父亲在剧团里生活，生性聪明，头脑灵活，模仿能力极强，而且"算盘精通"，善于理财。因为父亲工作忙，凡生活上的事情一概交给他管，什么买香烟、老酒、菜、饭、消夜、水果等全由他打理，因此他小小年纪就学会经济盘算，用钞票精打细算，从不大手大脚。

二哥非常顾家。自从当了"艺徒"，每年有15元工资，他从中拿出5元交给母亲，以补贴家用。在上海天马电影制片厂拍电影《孙悟空三打白骨精》时，他每天穿着拖鞋去演戏，回来的时候就会带个西瓜给我们吃。每次随剧团去外地演出，二哥也总是带些外地特产回来。

二哥很孝顺。在夏天演戏，父亲一场戏下来已经汗水涔涔了，二哥总是在化好自己扮演的小传令猴的装后，准备好一盆水，父亲一下场，二哥就替父亲擦背。这样，父亲很快就可以演下一场戏了。

二哥虽然孝顺，但他却很少叫父亲"爸爸"，而是叫"六团长"。母亲对此总是很生气，多次让他叫爸爸，但二哥还是不改，甚至写信给父亲都说"六团长你好"。

父亲对此的解释是：团里的其他演员总是叫他"六团长"，二哥也跟着学；另外，二哥跟父亲的关系不是一般的父子关系，他们是上下级，是同行、师徒。

也许，"六团长"笑话的背后，是二哥承担的与年龄不相匹配的责任。父亲在演戏上对二哥非常严厉，严厉到有些不近人情，可是生活上几乎从来都不曾管过他。所以，二哥叫父亲"六团长"，多少带有一点抱怨——他毕竟是个孩子，和其他孩子一样需要父母的照顾和宠爱。二哥的童年从来没有得到他理应得到的爱。二哥善良，知道父母的艰难，所以从不无理取闹，但小孩子的心性表露出来，口头上"不肯认"这个爸爸，结果，久而久之叫成了习惯，便改不了口了。

二哥的生命停留在孤单的 17 岁

1965 年 9 月，二哥在部队体验生活，同时演《智取威虎山》。一天，二哥站在队列里，突然感到身体不适：

"报告，我身体不舒服。"

领导允许他离开，但二哥已然支持不住，瘫倒在地。

即刻，二哥被送到绍兴第二人民医院，医生当时就下了病危通知，接着转送到杭州的浙江医科大学附属医院，诊断结果：

白血病！

白血病在当时属于不治之症，直到现在也没有太有效的治疗手段。为了不给二哥造成过重的心理负担，全家人都不敢让二哥知道真相。

二哥住院时，我和母亲一直陪着他。医院里没有多余的床铺，我就睡在他床底下。二哥不愿让我受这苦，在最初病情不太严重时，他总让我和他挤在一张床上睡。就在这间病房里，我陪着他走完生命最后的时光。

二哥很少玩玩具，但在病危的时候，他喜欢上了一些玩具。当时有一种塑料做的、动物形状的、可以吸在墙上的挂钩，他很喜欢。还有一种套杯，5 个杯子套在一起，他觉得很好玩。

二哥喜欢巧克力，经常把整块的巧克力砸碎，变成不规则的小块。每当二哥想坐起来的时候，他就让我把床摇起来，每摇一次都给我一小块巧克力吃。

有一次，我们一起去杭州一家影院看了电影《地下尖兵》，二哥精神很好，我天真地以为他的身体已经恢复了。但二哥看到一半就不行了，只好中途退场。后来我才知道，当时是医院给他打了激素。

一天，二哥突然对母亲说：

"我这个病还不如剧团的胡师傅！"

"一个人只不过到这个世界来看一看，迟早要离开这个世界的。"

胡师傅是剧团的烟火师，因为在弄火药的时候把手炸断了，在剧团当门卫。二哥是说，无论怎样胡师傅还能活着，做与演戏相关的事，而他自己却不可能做了。

母亲听了，心里一沉：是谁说漏了嘴？

原来，是二哥自己找机会偷看了病历，又找机会了解到自己得的是不治之症，他还去医院的图书馆借了一些与自己的病相关的书看，了解自己的病情。

二哥绝顶聪明，我们怎么能瞒得住他呢？

二哥得知病情后的态度和反应，让父亲母亲更加心如刀绞。他们想尽一切办法，挽救二哥的生命。父亲请来了多位医学专家会诊，包括浙江省中医院的院长潘澄濂大夫、浙江医科大学附属医院院长郁知飞大夫等，这次会诊也是新中国医学界第一次组织中医和西医合作治疗疑难杂症。母亲甚至哭着给郁知飞院长下跪。总之，他们能够想到的法子，都想尽办法去做了，哪怕有一点希望，他们都当成全部的希望来争取。

1966 年 4 月 13 日，我生日的第二天，二哥与我们永别了，去世前一天，二哥还在为我过 7 岁的生日。当天国的大门为他打开的时候，年幼的我虽然还不明白死到底是怎么回事，但却清楚地知道，二哥是要去

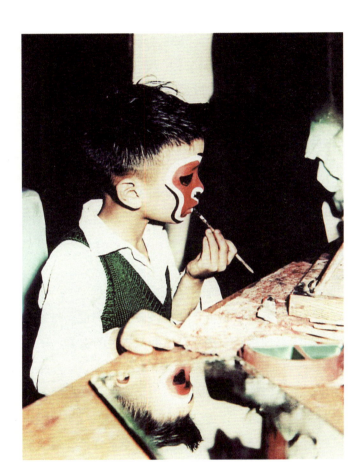

1956 年 10 月的一天，二哥小六龄童正在后台一本正经地对着镜子描脸化装，被捷克友人丹娜拍下。40 年后，她听说了六小龄童的名字和故事，特意把照片从捷克寄来。这张照片成为我们家的珍贵回忆

一个很远的地方，我将再也见不到他，再也听不到他给我讲孙悟空和猪八戒的故事，再也不能和他一起去看电影，去街头看小人书，一起去那些令人神往的神秘地方，我们曾经约定好的地方……

转眼 50 年过去了，我对二哥逝去的哀痛也已转变成深沉的怀念。多少次在梦中，我想要回到我们一起玩耍的日子，和他说几句话，说说

我的现在。可是时光流逝，像细沙消逝在指间。于是我仰起头，看到天国的他，有柔柔的光辉，洒在他的身上，有无穷无尽的红色花朵，铺在他的脚下，花朵浮了起来，纷纷扬扬，成为一场轻轻的细雨，在缤纷的烟雨中，他回顾，看着我，微笑。我总想问问他，天国里，是否有水乡，是否还有舞台，是否有那些好玩的故事，是否还觉得孤单。是啊，50年光阴如流水飞逝，而二哥在我们的记忆里，却总是孤单的17岁。

为纪念二哥，中国工人出版社在1992年（猴年）为其出版传记《猴娃》，北京邮票公司发行《猴娃》纪念封及《猴王世家》纪念小型张。中央电视台影视部、中国儿童电影制片厂、华华集团联合拍摄的8集电视剧《猴娃》，由冰心老人题写片名，萧乾先生作评，播出后深受海内外观众的喜爱，并荣获当年电视剧两个提名大奖：金鹰奖、飞天奖最佳儿童电视连续剧，党和国家领导人也为该剧祝贺。我在剧中扮演了我的父亲六龄童。

再次回顾二哥短暂的一生，我不禁潸然泪下。母亲说，二哥没有过过一天人（指还没有结婚生子）的日子，就离开了这个世界。不过，他在艺术上的成就是有目共睹的。《中国戏曲艺术家辞典》称赞他为"中国最有名的戏曲小神童"。二哥短暂的一生虽然扮演过很多角色（他在《智取威虎山》《血泪荡》《节振国》等现代戏中均有出色的表演），且曾多次为国内外元首及国宾演出，但遗憾的是，二哥一生从未真正扮演过美猴王孙悟空，他一直扮演的是小传令猴。

"当你演成美猴王孙悟空的那一天，就能见到我了。"

二哥的这句临终嘱托，让我从他手中接过金箍棒，义无反顾地走上西游取经路，延续他的艺术与人生之路。

母亲高龄产下的"薄皮蛋"

就像我从事猴戏艺术是代替二哥去完成他所未能完成的遗愿一样，我的出生其实也是为了弥补一个人早逝的遗憾，这个人就是我的三哥。

三哥名叫章金刚，也是一个很有演戏天分的孩子。不幸的是，三哥8岁的时候得了肠梗阻，本来不是大病，但三哥生性内向，身体不舒服也不说话。家人不知情，三哥的病没能得到及时治疗。当三哥忍不住病痛时，一切为时已晚。有一天练功，三哥突然躺倒在地，即刻被送去医院，没过三天就撒手人寰。

父亲是个很少掉眼泪的人，但三哥的离去让他泪如雨下，伤心欲绝。父亲买来板材，给三哥做了一个小棺材，将他送到上海的宝北公墓下葬。（后来这个公墓被推平了，三哥遗骸全无。我们很伤心，于是买了一只毛茸茸的假兔子，象征属兔的三哥，与二哥合葬。为了纪念三哥，我一直不吃兔肉。）母亲见父亲如此伤心，只得安慰父亲说："你别难过，我再赔你一个！"

于是，1959年的4月12日，我来到了这个世界。

出生时，我很"猴急"，在母亲腹中还没待够10个月，就迫不及待地来了。母亲此前已经生过10个孩子，那天，母亲突然觉得肚子疼，经验丰富的她根本没当一回事，很平静地招呼哥哥姐姐：

"老大，拿水壶。老二，拿脸盆。我要去医院生孩子。"

母亲让哥哥姐姐们用网兜装上脸盆等用品就去了医院。

到了医院后，母亲和医生才发现是难产，因为有前面10次顺产的经历，母亲根本没想到这次会遭罪，在痛苦折磨中不禁骂道：

"不知道会生下一个怎样的小怪物。"

情急之下，医生问："万一不行，保大人还是保孩子？"

母亲脱口而出："保孩子！"

最后，医生用钳子夹着我的脑袋，把我"拔"了出来。我出生时脑袋都被夹扁了，还被涂了一脑袋的紫药水。有句话叫"佛头着粪"，我是"佛头着药"。也许冥冥中我真的与佛有缘——《西游记》的结尾，孙悟空被封为"斗战胜佛"。在我出生的第一时间，大哥章金彦立刻跑到医院附近的电话亭，向正在杭州萧山演出的父亲报告了这一消息。

我出生后，父亲为了纪念周恩来总理的那次接见，特意给我取名"章金来"。后来赶上学雷锋热潮，我改名"章金雷"。之后又改了回来，并在"来"字的头顶加了个草字头，成了现在的名字"章金莱"。

小时候，我跟三哥长得一模一样，有人甚至说我是三哥转世投胎的，当然这只是一种有趣的说法。由于母亲是高龄产下我，我小的时候身体素质不太好，身材纤弱，性格内向，时刻不离母亲，也很少走出家门。我一直调侃自己是母亲最后产下的一个"薄皮蛋"。

我童年的第一印象，就是家住在苏州河旁边的老闸大戏院三楼，和兄弟姐妹们一起挤在20多平米的小房间里。儿时的苏州河通行轮船，半夜三更轮船经过时，我们能听到船的齿轮和水撞击时发出的咣当咣当的声音。我也时常和小伙伴们去游泳，有一次被大姐逮着，狠狠把我和小伙伴们都训了一顿。后来我才知道，那个时候，因为家长照顾不慎，附近的好多小朋友在河里游泳被淹死。

在所有兄弟姐妹当中，二哥对我最好。在病危住院期间，二哥只要精神好一点，就会给我讲《西游记》的故事。七十二变的孙悟空，好吃懒做的猪八戒，那充满神奇的天上人间，把我带入了一个前所未闻的世界里。当二哥搜肠刮肚把他知道的《西游记》故事全部告诉我之后，再也讲不出新内容了，他就每天给我一毛钱，让我到医院拐角去租小人书看，一分钱可以租一本。

儿时的我好奇心很重。有一次我很好奇：金鱼如果离开水，能活多长时间？于是我就把家里养的金鱼捞出来做实验，后来金鱼死了，我吓得哇哇大哭，还是母亲过来安慰我，我才停止了哭泣。

还有二哥从部队带回来的望远镜，我总好奇地想知道它的原理，就在望远镜的镜片上戳了两个小孔一看究竟，这么一来，望远镜自然是被我弄坏了。连二哥的军用皮带我也没放过，十分好奇这皮带究竟能有多硬，于是我就用剪刀测试，结果把皮带剪坏了。

现在回想起来，那时的童年生活真是多姿多彩。我们会抓蟋蟀，用雪糕棍给它盖小房子。当我亲眼看着心爱的蟋蟀住进自己辛辛苦苦搭建的小房子时，心里那叫一个美。因为那个时候，集齐几十根雪糕棍不是很容易。因为家里经济条件有限，没有什么玩具可玩。但即便如此，我的童年回忆里依然充满了欢乐。

当时我们常玩的游戏有拉洋片儿、滚铁环、和小伙伴儿撞膝盖、拿搓衣板当球台打乒乓球……和现在相比，这些游戏和玩具都很简单原始，却成为我那一代人心中共同的回忆。

一世猴缘　命本无

一身之戏在于脸，一脸之戏在于眼

在电视剧《吴承恩与西游记》中扮演吴承恩先生

接过二哥手中的金箍棒

我出生时，父亲并没有打算让我继承衣钵，甚至没有打算让我去学演戏。童年时，我也没表现出太多演戏的天赋。

二哥是父亲认定的最合适的"猴王"传人，父亲把所有精力都放在他身上。可二哥生命正要大放异彩的时候，天妒英才，白血病夺去他的生命。悲痛之余，父亲慢慢地把目光投向我。

谁知我刚要接过二哥手中的金箍棒，命运又特别戏剧性地跟我开了一个玩笑。

1966 年，"文革"拉开序幕，父亲被压到"五行山"下，顶着四个大帽子："大戏霸""大右派""反动学术权威""反革命修正主义分子"。父亲被剥夺了上舞台的权利，并且被隔离审查。

父亲在"改造"期间，有一天，让我跟着他拉木头去锯板厂锯板。等待间隙，父亲找了个偏僻的地方，一招一式地教我练功。他还从锯板厂捡了根细木条当作金箍棒，手把手地教我舞棒。就在这行进的三轮车上，我们父子开辟了流动的课堂。

那年，我 12 岁。

关进"牛棚"期间，父亲心里着急，想方设法给家里写了一封信，让我直接去找他的老师——上海戏剧学校的薛德春先生。我找到薛老师，没有悬念地成了他的关门弟子，我们父子由同一个老师教学，也算小佳话。

当时我的家境异常窘迫，遭遇不公正待遇的父亲每月只能拿 15 元的生活费，我没有钱交学费，只好"分期付款"，一学期 6 元钱的学费要分 3 次付。每次给老师交学费的时候，我都感到非常难为情。可是薛老师还是收下了我，全心全意、毫无保留地教我练功。

薛老师和我不约而同地想到在《西游记》里菩提祖师半夜三更偷偷教孙悟空学艺的故事，我们决定如法炮制。不同的是，孙悟空学艺在半夜三更，而我学艺是在凌晨 5 点。

我们没有专门的练功房，于是，我晴天就在人民广场一个偏僻的角落练功，雨天就在上海服装公司门前长廊的一个自行车棚里练。无论烈日炎炎，还是寒风刺骨，我每天都坚持练功。

有一天，我不到 5 点就去了人民广场，突然想起前两天练的单前扑。此前这个动作都是在老师保护下做的，这回为什么不自己单独试试看，难道上台演戏也要老师保护不成？于是，我就开练了，结果不小心用力过猛，头砸到地上，前额摔出一个很大的口子，当即晕倒。老师来了，看到我头破血流，大吃一惊，急忙把我送到了医院，缝了 8 针。自此我的脑门中间永远留下了一条伤疤。后来我便留了个偏分头，有时则戴个帽子，有意将伤疤遮住。

父亲不忍看练功，母亲夺走小闹钟

　　1971年9月12日，毛主席亲自点名把父亲从"五行山"下解放出来。父亲获得自由，虽然还不能登台演戏，但总算可以指点我学艺了。我也来到绍兴，在第一初级中学寄读。

　　一次，父亲生病住院，于是他所在的绍兴第二医院病房便成了我的练功房。父亲不顾病重，每天总要教我一段，而每次教我的时候，父亲都格外精神。

　　父亲出院后，我又把家里当成了练功房，在门廊上挂吊环，在小天井里翻跟斗、练劈叉，在墙边拿大顶，还站在桌子上往下翻。结果，家里被我弄得一片狼藉：墙上和桌上脚印累累，热水瓶和穿衣镜经常被我弄碎。

　　我觉得家里已经无"练武"之地，于是就来到了绍兴越王台。这里的场地大，很自由，但这场地有一个致命的缺点，那就是容易受伤。为此我摔疼了胳膊，伤成了血尿，撞破了头皮……所有的困难都只能用"卧薪尝胆"四个字化解。但我还是希望有一个练功房，可以不管刮风下雨，没日没夜地练。终于有一天，我鼓起勇气，怯生生地来到浙江绍剧团练功房，没想到那里的演员对我都特别欢迎。

　　为了不影响浙江绍剧团演员的正常练功，我每天早上5点就去练功，一直练到他们上班再离去。很多时候我来到剧团门口，传达室的师傅都没有起床，我就在门外桥头边压腿边等待。我多年如一日坚持不懈地练功，都被善良憨厚的看门师傅看在眼里。在他看来，这个前团长的儿子练功这么下功夫，比绍剧团的正规学员还要勤奋，将来肯定比团里任何人都有出息。

后来，有人问我："你父亲教你练功是不是很严厉？是不是像许多师父那样打着骂着让你练功？"我说："可不是那样，相反，他对我特别溺爱。"

每次我拿大顶，说要顶半个小时，我刚刚顶到 10 分钟，汗水就下来了，父亲一看就心疼，说："下来下来，好了好了。"

父亲还特别不愿意看我练功，尤其是我练那些危险的技巧的时候，他总是避开不看。因为他不忍心看，怕我出意外，可是又不能不练，所以只好"眼不见为净"。

因此，父亲被人戏称为"外婆师父"。我心里知道，父亲之所以溺爱我，是因为前面两个哥哥的去世让他害怕了。

我的母亲同样也不太支持我学猴戏，我知道她是关心我，是为了我好。在绍兴的时候，有一年冬天，下着大雪，天很冷，我知道母亲不忍心让我去练功，于是我把闹钟放在手边，闹钟一响马上起床一个人偷偷去练。我本以为母亲不知道，其实她是知道的。母亲心疼我，在我睡觉之后，偷偷将闹钟停了，我开始不知道，以为是自己睡觉的时候碰到按钮才停了的，后来才知道是怎么回事。所以，她再来关我的闹钟的时候，我装作睡觉不知道，等她走了，我再悄悄调回来，仍旧天不亮就出门去了。母亲看到这样，也没有办法，只能含着眼泪看着我离开家。

父亲、母亲对我的要求不是特别严，骂都没有骂过我，我明白，艺

术的东西不是打出来的，也不是逼出来的。不需要他们强求我做什么，一切都是出于我的自觉。而这种自觉，完全是出于一种家族的责任感和义务，我要继承父亲的事业，实现哥哥的遗愿，所以我一定要演成真正的美猴王！

户口迁出大上海，屡败屡战

　　高中毕业后，我回到上海。按照当时的环境和形势，我接下来应该去就业，可以到上海青浦县获得一个铁饭碗，但我依然坚持要当一名演员。除了父亲，家里几乎所有人都对此表示反对，但我决心已定，还是那句话：我一定要演成美猴王，我一定要做孙悟空！

高中时期的我非常执拗，对于未来之路的设想只有一条——演戏。只要让我演戏，宁愿放弃"铁饭碗"，放弃上海户口；不论是绍剧、越剧还是昆剧，只要让我演戏，决不挑拣！

　　"文革"结束后，父亲被平反，依然担任浙江绍剧团团长。但是在这个时候，我却做出了一个惊人的决定：为了方便考试，我要把户口从上海迁到绍兴，在那里开始我的艺术之旅，因为我们家族的前三代人，都是从绍兴的石板路走上"西天取经路"的。

　　当我去派出所办理户口迁移手续的时候，那里的户籍警感到非常惊讶，他不明白究竟是什么诱惑，可以使一个年轻人抛弃体面的大上海，去一个小小的水乡绍兴。

　　户籍警高举户籍迁移专用章对我说："你想好了，这个章一敲下去，你就被'迁出'上海了，再想回来可就难了。"

　　我毫不犹豫地点了点头。

　　回到绍兴，我成了待业青年，没有工作，更没有收入。我开始一门心思设计我的演艺生涯，第一步就是报考剧团。然而，这第一关就被卡住了。

　　浙江绍剧团招人，却规定不招艺人子弟。

　　绍兴体委来招体操运动员，我参加跑步考试，刚跑了一半就摔倒了。

　　倒是有一个杂技团主动要我，可他们要我去是当杂技团的底座。

　　上海越剧团同意要我，可又规定必须是上海户口——我不禁顿足长叹：早知现在，何必当初？难道命运在跟我开玩笑？

　　就这样，我一等就是 3 年。当初户口迁出的时候，盖一个公章只是1 秒钟的事情，但我在绍兴待业的 3 年却是如此漫长。我不禁有些失去自信，有些迷茫，有些犹豫，也产生了一些自卑感。我模模糊糊地觉得自己可能不太适合演戏，但与此同时，更有一种模模糊糊的使命感促使我屡败屡战。

　　一次次失败，一次次寻求，好在我一直没有放弃。我的目标是进剧团学戏、演戏，最高的理想，当然是进绍剧团，如果去不了，别的剧团也行，总之是要进剧团。终于，浙江昆剧团招生时，我凭着多年苦练的功底，同时在《西游记》中唐太宗扮演者张志明先生等的帮助下，轻松地考上了。

终于看到曙光

1978年8月16日，我去浙江昆剧团报到，当时被安排在四人的集体宿舍里。没有想到的是，当天晚上我就要参加演出。这是我演艺生涯中第一次正式的亮相，要在《十五贯》中跑龙套。

尽管我以前演过戏，但这是第一次作为专业演员亮相，所以我非常看重这次演出，龙套演得相当卖力。《十五贯》演出取得了成功。几位老师对我的评价是："扮相俊美，颇有乃父之风，不过演龙套不用那么费力。"

人生第一次正式登台亮相，是在《十五贯》中演一个龙套。虽然是个没人注意的小角色，但我从始至终把他当成"男一号"卖力表演

1981年5月26日，昆剧《三借芭蕉扇》彩排后的留影。这时的我意气风发，正摩拳擦掌地准备将全本《西游记》搬上昆剧舞台，却没有想到一个"天上掉下的馅饼"即将"砸"到我的头上

　　1981年3月，浙江昆剧团的团长周传瑛先生等决定，让我开演猴戏，同时让我担纲排演一台昆剧猴戏。三个月之后，昆剧猴戏《三借芭蕉扇》在浙江人民大会堂首演成功。著名京昆艺术大师俞振飞挥毫题词，称赞我的演出"形神兼备"。

　　浙江昆剧团于是决定在10年之内，把《西游记》的主要故事都改编成昆剧猴戏。也就是说，我们要排演全本昆剧《西游记》！这不正是我一直梦寐以求的吗？太兴奋了。一幅全本昆剧《西游记》的宏伟蓝图铺展在我的心里，我摩拳擦掌，准备将全部精力投入其中，我要把《西游记》的精华用昆剧猴戏的形式搬上舞台。

　　老天如此厚爱我，给了我这样一个施展拳脚的机会。没想到，还有一个更大的惊喜、更宏伟的使命在等着我——

　　就在我准备在昆剧猴戏领域大展身手的时候，一个来自北京的电话不仅使我放弃了排演全本昆剧《西游记》的计划，而且改变了我的一生，甚至改变了整个猴王世家的命运。

中国首次选秀在我家

1981 年，日本版《西游记》在中央电视台播出。观众在这部剧里看到的东方巨著是这副模样：堺正章扮演的孙悟空生来就和猩猩一样皮肤黝黑，说话经常大嚷大叫；唐僧、如来佛由女演员饰演；猪八戒的造型像个河童；沙和尚有了一个爹；金角大王和银角大王是一对恩爱的夫妻……所有的人物、情节，是日本主创的设想。他们没有意识到《西游记》是中国古代文化的精华，单纯地认为《西游记》不过是一部童话动漫的真人版，于是设置了只有在日本动漫剧中才会出现的场景。中国观众自然不买账，各方批评越来越多，日版《西游记》只播了两集就被叫停。这在中央电视台史无前例。

但是这件事给中国人带来了启发：我们的《西游记》，日本人能拍，为什么我们自己不能拍？当时中央电视台就有了这样的想法：应该有自己拍的四大名著，并决定由资深导演杨洁来执导《西游记》。主创人员一致认为，拍好《西游记》，孙悟空的人选是关键之关键，因为孙悟空是《西游记》里最重要的角色，要赢得观众的青睐，必须塑造好孙悟空这个形象。

于是，为了寻找孙悟空的合适人选，杨洁导演开始在北京找演员。她先后跟许多演猴戏的名家接触，但是终因艺术创作上的分歧而罢休。剧组主创人员认为，电视剧《西游记》不是戏曲，应该非常生活化，"忠于原著，慎于翻新"。为了寻找最合适的人选，导演杨洁费尽周折。

就在杨洁导演多方搜寻"孙悟空"无果时，突然有一个理想的人选跃入了杨洁导演的脑海——我的父亲"南猴王"六龄童。她曾经在20世纪60年代作为戏曲导演给父亲录过像。杨洁导演认为，如果父亲年轻20岁，那么他就是孙悟空一角最佳的人选。

杨洁导演当即给我父亲打电话，经过一番寒暄，在说明事情原委之后，杨洁导演问："你家小六龄童还演戏吗？"这一问一下子勾起了父亲的伤心往事，但他没露声色，对杨洁导演说："请你到我这里来看看，我相信你一定能够在我这里找到合适的孙悟空人选。"

杨洁导演非常兴奋，立马说："我明天就到你那里去！"她找得太久，很久没有人这么有信心地向她推荐人选了，何况这话又是"南猴王"说出来的。当晚，杨洁导演就买好了去绍兴的火车票。

1981年12月31日，刚刚从外地演出回来的我和父亲去绍兴火车站接站。

在火车站接到杨洁导演后，我们三人来到家里。杨洁导演迫不及待地问："我什么时候才能见到小六龄童啊？"

父亲顿时脸色黯然，说："小六龄童是我的二儿子，很不幸，他在1966年就已经去世了。这是我的小儿子章金莱，现在在浙江昆剧团，请你看看他行不行。"

杨洁导演尽管以选演员善于沙里淘金而闻名，也相信这位"南猴王"

这是杨洁导演南下寻觅孙悟空人选时，我和伯父的儿子七小龄童合作的"面试"作品。这段表演让杨洁导演心中定下七成，而我距离"取经之路"更近一步

是不会贸然推荐人的，但面对我还是感到有点意外——这么个文绉绉的孩子能演好叱咤风云的孙悟空吗？

她抱着将信将疑的态度让我即兴表演一下。我马上拿起一根棍子，表演了孙悟空的一些动作和喜怒哀乐的表情，她觉得还不错。

父亲又向她推荐了扮演猪八戒的人选——我伯父七龄童的大儿子章金元（艺名：七小龄童）。当时他正随绍剧团在上虞演出，于是三人中午就赶到上虞。杨洁导演让我和七小龄童都做个表演。我们只穿着戏装，没有化装就演出了一段。杨洁导演看过之后说："我现在能定下七成，最终要回去上报台领导，大家讨论决定。你们先做好准备，等着我的通知吧！"

　　在等待通知的一个多月时间里，父亲对我进行"临阵磨枪"式的训练。他带我去公园里看猴子，给我讲解了孙悟空身上的人、神、猴三种属性如何融合在一起；讲解了他所演的三十六本绍剧《西游记》里连台本戏的故事。父亲还带我去拜访了国画大师程十发，动画片大师、《大闹天宫》的导演万籁鸣，连环画名家赵宏本，《三毛流浪记》的作者张乐平等艺术界的老前辈，从他们那里获取教益，汲取养分。

　　那个时候，我对自己的前程十分迷茫，老实说，我对在电视上扮演美猴王孙悟空并没有任何把握。父亲每天清晨带着我练功，我忍不住便会把自己心中的困惑说给他听。父亲想了想，只对我说：

　　"你能演好！"

进京赶考，父亲用嘴为我"敲"锣

我们正全力准备着能想到的一切，这时，杨洁导演让我们"进京赶考"的电报也到了。

1982年2月2日傍晚，我们乘飞机来到了北京，住在煤市街北京市委第三招待所内一座三层小楼里。第二天上午，招待所的会议厅变成了考场，洪民生副台长，戴英禄、邹忆青、王希钟、苟皓、任凤坡等名家在座。上场之前，我非常紧张，父亲悄悄地说："别紧张，平时怎么练就怎么演，我给你敲锣打鼓。"

现场没有锣鼓，父亲就用嘴"敲"出了锣鼓点。我就在这锣鼓声中渐入佳境，成功地表演了《三借芭蕉扇》中的一折。

我觉得自己演得还不错，有点沾沾自喜。这时，杨洁导演突然出了个难题：让我在没有任何锣鼓伴奏的情况下，随意表演一个小品，这实际上是把我从戏曲表演的范畴推到影视表演的范畴。戏曲表演强调程式化，而影视表演则强调生活化。可在此之前，我对话剧和影视表演一无所知。于是我只好真的"随意"表演了猴子偷桃的动作，也许是太紧张、太"随意"了，我居然把桃子比画成西瓜那么大，令在场的人忍俊不禁。接着我还和七小龄童配戏演了一出。演出结束后，杨洁导演让我们回房间休息，等待结果，说他们要商量一下。

没有灯光闪烁的舞台，没有群情激昂的观众，1982年的"选秀"现场简单而严肃,评委不多,但个个都是重量级

　　虽然等待的时间不是很长，但对于我来说，却是一段漫长的煎熬。因为我发现，在那么长时间的准备中，我已经深深地爱上了孙悟空这个角色，有一种强烈的愿望去演好他，去完成二哥的嘱托。但"考官"似乎没什么动静，我们越等越心慌，越等越觉得没戏了。而父亲也提前为我们落选做过思想工作，说即使没有被选中，也没有什么太大的关系。

　　我们正焦急地等待着，导演和台长终于上楼了。我们急切地等待台长说出结果，可台长却像个没事人一样，跟我们拉家常。他对卸了装的我说："没想到你这么年轻。"说完又跟父亲谈了拍《西

游记》的宏伟计划。话谈完了，台长等人转身要离去，我心想："完了完了，他们来只是出于礼貌和安慰。"就在我感到失望和沮丧之时，台长突然转过头来，说：

"哦，我们决定借调你们两个来中央电视台拍戏，你们回去办手续吧！"

当天晚上，中央电视台就播发了《西游记》剧组选定我和七小龄童为孙悟空和猪八戒的扮演者的消息。后来，因种种原因，七小龄童未能加入《西游记》剧组。从那个时候开始，我有了自己的艺名"六小龄童"，因为我的二哥已经叫"小六龄童"，轮到我取艺名时，父亲只好把这四个字调了下顺序，叫我六小龄童。当时所有人都觉得别扭，甚至有影迷怀疑我姓"六小"，但时间久了，所有人又都觉得自然而然了。

"不要想家，团结同事，不谈恋爱"

1982 年 4 月 4 日，一个普通的夜晚，但对我们猴王世家来说，却是一个非同寻常的夜晚，因为第二天我就要登上去往北京的列车了，父亲对我做了临行前的最后交代，他说：

"这是天上掉馅饼的事情，我在绍剧舞台上从《猴王出世》《大闹天宫》《三打白骨精》一本一本地演，演了几十年，到 36 岁时才留下了一部电影《孙悟空三打白骨精》。《西游记》这部小说成书 400 多年以来，中国顶级的媒体第一次要把它完整地记录下来。你今年才 23 岁，中国有几亿人口，让你捡到这么大一个馅饼，以后就要看你怎么把它做好了。我当然会支持你，你甚至可以踩在我的肩膀上，但所有的路要靠你自己去走。你一定要演好孙悟空，这不仅是关乎你个人的事，也是关乎我们整个猴王世家、关乎整个剧组的事，更关乎中国猴戏艺术的传承与发展。"

说完，父亲又拿出他特地准备的 1000 多张照片，郑重其事地交给我——这是 1000 多种猴子造型的照片，是父亲为了让我演好猴戏精心拍摄的，他让我把照片带到剧组去学习，但父亲同时又嘱咐我："不要一味模仿，只是把这些照片当成一种素材。在剧组，主要还是听导演的。"

最后父亲跟我"约法三章"：不要想家，团结同事，不谈恋爱。

我默默地点了点头，第二天，我登上了北上的列车。

除了服装和脸谱的差异，谁能分辨出我们父子俩这个"打望"的动作有何不同？父亲用几十年的时间精研猴戏，到 36 岁才留下一部电影《孙悟空三打白骨精》，而我年少成名，是因为站在了父亲的肩膀上

　　从此，我正式踏上了"取经之路"。这是一条需要献身的艺术之旅，坐在去北京的列车上，我望着窗外远去的故乡，心里五味杂陈。我回想起《西游记》中当年唐僧离开长安城时，唐皇问起他何时回来，唐僧想了想，回答说："只在三年，径回上国。"可他一去，便去了 17 年。仿佛命中注定一般，我当时没有想到，拍摄这部戏的时间跨度竟也达 17 年之久。

八十一难 云中行

苦练七十二变，笑对八十一难

2015 年 7 月 9 日在米兰街头

当和尚，做道士，四处拜师

到北京后，导演首先安排我和演唐僧的汪粤去体验生活。

孙悟空起初学道，后来成佛，道家和佛家在服装和举止上都不一样。为了熟悉角色，我先去法源寺剃头当了一段时间和尚，后来又去白云观穿上道服当了一段时间道士。另外，我观摩了当时在北京演出的一些猴戏，并专门去北京体育学院跟夏柏华教授学习武术。

到剧组后，我如饥似渴地捧起《西游记》，一点一滴地记下读书笔记，并到处搜集与《西游记》有关的正史、野史、学术研究著作等资料，了解唐玄奘和吴承恩的生平和事迹。凡是对理解剧情有帮助的文献，我都想方设法找来，仔细咀嚼。

我反复观看了中国台湾版《西游记》和日本版《西游记》。他们对孙悟空的塑造，有些地方让人啼笑皆非，但其中也有可取之处——他们的表演很生活化，这对我克服戏曲艺术的程式化表演很有帮助。

在不断的学习中，我形成了这样一个信念：我这个孙悟空应该是兼百家之长却又独立于百家之外的。数百年以来，有关孙悟空的剧目层出不穷，可取材借鉴的内容太多、太丰富，因此，我觉得不能完全抛开戏曲去表演，只有巧妙地吸取、消化前人的成果，才能创造出崭新的六小龄童版孙悟空。

杨洁导演很支持我的想法，剧组两位副导演荀皓、任凤坡是中国京

《西游记》剧组跑遍中国名山大川，遍访各地隐士高人。因此前 25 集竟然拍了 6 年，在世界上也绝无仅有。这是在崂山拍戏时与匡常修道长的合影

剧院很有成就的中年演员，对于北派猴王李少春、李万春等人的表演技艺十分熟悉。他们和我一块研究如何采用李少春演猴王的水袖、翎子等动作，以表现花果山上孙悟空的王者气度。此外，剧组的两位表演顾问董行佶和郑榕也给了我很多帮助。

猴子"传授"绝招

要演活猴王，还有一个最好的老师和朋友，那就是真正的猴子。

每天案头工作做完后，我就去北京动物园的猴山，向我的 "师父"——猴子求教。我一见猴就走不动步，一瞧就是大半天，经常看着看着就乐出声来，惹得四周的人以为我脑子有问题。我把兜里好吃的都分发给众猴儿，并用照相机抓拍了猴子瞬间的动作，洗出照片，带回宿舍仔细品味。

观察猴子给了我不少启发。一次，在动物园的猴山前，我看到一只猴儿，蹲在草地上，盯着一只飞来飞去的花蝴蝶，突然，它一伸爪子抓住了那只蝴蝶——然而，抓到手了，它却并不马上就吃，而是捏在手里

孙悟空大闹天宫，对着葫芦往嘴里倒仙丹，吃仙桃专拣个儿大的，啃一口扔掉再拿一个……这些动作都是跟我"师父"——猴子学的

凑到鼻子下面反复嗅着，似乎在揣摩：这是什么东西？能吃吗？放进嘴里尝一尝，似乎味道还不错——然后才吃掉。

这个细微动作被我运用到电视剧里。在孙悟空偷吃仙丹、偷吃蟠桃时，我想到了这个细节。我伸手摘下蟠桃，并不马上吃掉，而是看了又看，闻了又闻，似乎心里在寻思：这桃吃了真能长生不老吗？瞧上去也没什么特别，待俺老孙尝尝……接着一边吃一边吐皮。

有一天，剧组人员突然很神秘地走到我跟前，从口袋里掏出一只洋娃娃般大的小动物——小猴子！它正在沉睡，蜷在我手里，楚楚可怜！原来是剧组为了让我更好地观察猴子,特地送我这只叫"小庆"的小母猴！

小猴刚来时，野性未消，很不客气，谁动它，它就抓谁。唯独我化装后把它抱起来擎到面前，它却乖乖地一动不动。恐怕这小猴也在寻思："这是哪儿的主啊？块头这么大！"

从此，我除了演戏排练，一有时间就和小猴厮守在一起，揣摩研究它的一举一动、喜怒哀乐等每一个动作和表情——白天的时候，晚上的时候，睡觉的时候，生气的时候，高兴的时候，吃饭的时候，和其他猴子交流的时候，难过的时候……除了学习猴子的动作，我也学习猴子的神态，并根据自己表演的需求慢慢融合——孙悟空不是一只普通的猴，也不是只会抓耳挠腮的猴，孙悟空是猴、人、神三者合一，他既有猴的动物性，又有人的社会性，还有神的传奇性。

在和"小庆"耳鬓厮磨的时光里，我对如何塑造孙悟空形象有了更多感悟。

从戏曲演员到电视剧演员

我原本是戏曲演员，开拍《西游记》后，我越来越感到戏曲表演和电视剧表演的巨大差异。

在戏曲舞台上，举手投足、一招一式都是师父手把手教出来的，都是程式化的东西，在场上只要将这些招式娴熟地表演出来就基本可以了。可是在演电视剧时则要打破这些程式，接近生活地表演出来。每一个细微的动作、神态，都要自己设计，自己创造，自己把握。我自幼学戏，程式化的框架在电视剧中束缚了我，舞台上的痕迹一时难以消除，严重影响了我对人物性格的刻画。

作为一个戏曲演员，要在摄像机镜头前演好孙悟空，我面临的最大难题就是：没有锣鼓怎么上？没有脸谱怎么演？

起初，我离开了锣鼓点简直不会走路，动作要么呆板木讷，要么太忙乱太零碎，毛手毛脚的，动和静结合不起来。此外，我太过注重模拟猴的外部动作，而孙悟空的内心情感却无法表现出来。

"这样不行！"杨洁导演常在身旁提醒我，有时也让我自己到监视器去看一遍录像。我自己看了也很不满意。

《西游记》虽然是个神话故事，但神仙妖魔也都体现着一定的人物感情和人物关系。导演一再向我强调："如果不见人、不见情，这个剧是演不成功的。"导演的这个要求说起来容易，把握起来却很难。

《西游记》拍摄现场，杨洁导演、荀皓副导演在耐心为我说戏

我努力要改掉这些不足，却又走到另外一个极端——行立挺胸拔背，举手投足又太像人了。

　　"金莱你瞧你，手往腰上那么一叉，金箍棒往地上那么一戳，活像个穿虎皮裙的猎户。"导演一针见血地指出了我的毛病，接着又详细地给我分析剧情说，"不错，孙悟空是个英雄，但他不是一般的人间英雄，而是兼有人、神、猴三种气质的英雄，你不能把猴气那一面全丢了。"

　　归根结底，是我还不适应电视这种形式，还没有找到最恰当的表现人物性格的方式。比如，一开始，为了使孙悟空显得很有精神，我总是瞪大眼睛，可结果却适得其反。在导演和摄制组同事的帮助下，我慢慢适应了镜头需要，拍中景时注意用外在的形体动作表现人物性格，拍特写时注意用眼神传达内心情感。

我把试集演砸了

1982年7月初，《西游记》正式在江苏扬州开机，我们首先拍摄试集《除妖乌鸡国》，因为这一集中囊括了整部《西游记》所有可能遇到的镜头，包括高山深谷、水中龙宫、天宫、地府、人间，而且师徒四人都有戏，所以剧组希望通过试集让主演找准人物刻画的表演和感觉，也听听观众的意见。

然而，试集播出后，观众反应并不理想。导演杨洁认为，我演的孙悟空像个猎户，我觉得自己演得像个大猩猩。

当时，我面对的可谓"批评与责难齐飞，冷嘲共热讽一色"。

面对各方的批评，我感到异常疲惫和苦闷。说实话，刚被选定扮演孙悟空的时候，我内心难免有种年少轻狂、不知天高地厚的自信，觉得一切非我莫属，但是失败的试集彻底煞了我的"威风"，我才发现哪有那么容易，困难远比我预想的多。我把自己关在房间里，整整一个星期没有出门。浙江昆剧团甚至有人邀请我回去继续学习，把昆剧猴戏《西游记》做完。而我当时最担心的，是怕杨洁导演会把我换下去。

幸运的是，杨洁导演一直非常信任我。关键时刻，我的哥哥章金跃从家里寄来一封信，全家人给我提了三点建议：一是把握好孙悟空是人、神、猴三者融为一体的特点；二是我演的孙悟空生活化太重；三是希望我多吸收各派猴戏的长处，努力探索和创新。

这是试集《除妖乌鸡国》的剧照，也是唯一一全部重拍的一集。但对我来说，这部失败的作品却意义非凡

　　一些电视观众也纷纷给我写信，鼓励我演好孙悟空。夏衍先生还专门写了"愿在荧光屏上大显神通"的题词给我。

　　亲朋和观众的信任和鼓励让我重燃斗志。

　　"当你演成美猴王孙悟空的那一天，就能看到我了。"一想起二哥的话，我实在无法放弃。要是不把握这次机会，我一定会遗憾终生！

　　我一定要演好孙悟空，哪怕经历九九八十一难也在所不惜！

贴脸：三天掉一层皮

一身之戏在于脸

猴子毕竟不是人，人演猴必须对脸进行化装。戏剧舞台上的猴脸经历了木头脸、布脸、勾脸的演变，但这些戏曲脸谱缺少生活气息和真实感。

为了区别于戏曲、动画片，电视剧《西游记》要求人物形象非常生活化。因此，剧组特别聘请了金鸡奖首届化装奖的获得者、北京电影制片厂的著名化装师王希钟先生担任《西游记》的塑型和造型设计师。

大家在电视上看到的孙悟空形象，是王希钟老师以传统戏曲、动画为基础，经过十几次修改才拿出来的。这种化装，既要保证人、神、猴三位一体的艺术形象，又要使我的面部肌肉能够自由活动，确实有相当大的难度，最后的方案是孙悟空的脸必须是"贴脸"。于是王希钟先生专门用硫化乳胶制作了一个生活化的孙悟空脸型，然后用胶水粘在我的脸上。

记得第一次化猴装时，化装师崔洁喊我：

"猴子，化装了。"

2016年春节，我再次扮上孙悟空的行头，准备登台。当年曾让我苦不堪言的贴脸仪式，如今再次重温，内心感慨万千

　　我乖乖地坐到化装镜前，看到崔洁手里拿着一个孙悟空的面罩，面前桌子上还放着一瓶特殊的液体。我很好奇地问她："这是什么做的呀？"

　　"硫化乳胶。"崔洁一边回答，一边麻利地将胶水涂抹在我的脸上，然后将塑型乳胶猴脸给我粘上。

　　这一抹一粘让我第一次尝到了贴脸的难受滋味，脸部皮肤一阵被腐蚀的酸痛。但当时的我并没有意识到，这种痛苦将伴随我拍摄《西游记》的整个过程。化完装后，我只是觉得镜子里的我还真像孙悟空！

西天取经之路，怎一个"累"字了得？人声嘈杂中，
靠着山崖也能即刻入睡。没贴猴脸之前是我最幸福
的时候，估计此时"八戒"正在化装师那里"上刑"呢！

　　这种"贴脸"虽然解决了造型的一切问题，但是对演员来说却是一
种严峻的考验。

　　夏天天一热，毛孔就开了，胶水钻进毛孔，有一种刻骨铭心的疼；
而冬天贴脸，那种冰冷的感觉沁入骨髓。无论是夏天还是冬天，很快会
捂出汗来，汗一出来，贴脸就会松动，这时，我只能小心地揭开，擦干汗，
接着再把胶水往里面倒。每天都这样折腾，我脸上平均三天就得掉一层皮。

　　贴脸还影响了我的正常吃饭，只能用吸管喝点流质食物。每天拍完
戏卸装的时候，把贴脸揭下来，汗水"哗哗"地往下流。

　　有几次在海滩拍戏，海浪滚滚，浪花飞溅，我的"猴脸"上全是海
水，太阳酷晒，我的面部大汗淋漓，这样里外夹击，"猴脸"从我脸上
掉了下来。每次脸皮与"猴皮"脱离，我就必须重新化装，每次化装，
都必须用酒精把原来的胶水化开。剧烈运动中我的脸部毛孔张开，酒精

直往皮肤里面钻，那火辣辣的滋味钻心地疼。这种刻骨铭心的疼痛贯穿了《西游记》拍摄的始终。

猴猪推让：给你脸不要脸

　　我的"二师弟猪八戒"受的苦也差不多，他和我一样，也要贴脸，糊上一脸的胶水。这个过程实在太痛苦了，像开刀一样，所以我们都害怕贴脸。一到上工上镜的时候，要化装了，我们都想让对方先化，能少挨哪怕一分钟也是享一分钟福啊。"猪八戒"不像"沙和尚"那样老实，他比我还精，非得让我先化好装等他。我当然不干，两个人就推来推去。有时候外面等得急，杨导一声大喊："猴子先化，你的戏先拍！"我就只好乖乖地等着"上刑"，"猪八戒"就在旁边偷着乐。

　　我们两个"除妖"的英雄，一看到化装师端了脸子上来就发怵，真是"给你脸不要脸"啊！

火眼金睛的秘密

"猴子，你的眼神不对！再重拍一遍！"杨导在摄影机前经常这样提醒我。

是啊，孙悟空是火眼金睛，可是我呢？我是近视眼——400度近视加200度散光——眼睛空洞无物，暗淡无光。

当年在报考浙江昆剧团的时候，我担心因视力不好而失去机会，参加体检时还曾经"作弊"：在检查视力的时候，另一位好友在旁边做"嘴势"，我才得以通过体检。在戏剧舞台上，演员和观众是远距离的眼神交流，没有近景，更没有特写镜头，我的近视眼缺陷还容易掩饰。可是上电视就不行了，观众几乎是脸对脸地望着你，目光的聚散，眼神的运用，是一点都瞒不过观众的。

"眼睛是心灵的窗口"，其实心灵的窗口不止眼睛一处，面部任何一个部位的活动都能透露人们的内心。可是现在，我的脸被"猴脸"罩住，只露出一双眼睛，真的只剩下唯一的窗口了，通过它既要反映出一般的内心活动，还要表现出孙悟空的火眼金睛来。我连普通人的视力和眼神都达不到，怎么能够演火眼金睛呢？

"一身之戏在于脸，一脸之戏在于眼。" 眼里没戏，戏全没了！怎么办？出路只有一条：下苦功去练！

荧幕上火眼金睛的孙悟空，荧幕外却是这副模样。每天拍完戏，我们都要坐在一起看"回放"，以总结自己的经验和不足，如果不戴眼镜，我是什么也看不清的

清晨，我爬到山坡或屋顶上去望日出。太阳光线太强，刺人双眼，让人本能地望几眼便要转换一下目光。可是为了练就有神的眼睛，即使被强光刺得酸痛、流泪，我仍要目不转睛地盯着太阳。

白天，我去看别人打乒乓球，眼睛随着白色的小球飞快转动。

我也会远望天上的飞鸟，看着它们飘忽地来去，一直盯着它们变成小黑点为止。

夜里，我会点燃一根香火，让眼睛紧随着香火上下左右地转动。

每次剧组开拍时，同事们都避开聚光灯，因为灯光刺人眼睛。我突

然想到，这不也和看日出一样，是个锻炼的机会吗？于是我不避聚光灯，并且让眼睛追逐聚光灯，一动不动地盯，直到盯得两眼酸痛、流出泪水为止！而且，我惊喜地发现：眼睛一湿润，就会显得灵活有神！

此外，我还请化装师在我的眼圈上画一条眼线，再用金纸贴一条金边。这样，火眼金睛的气魄就出来了。

功夫不负有心人，我慢慢感到自己和角色融为一体了。我和孙悟空一起感同身受，天真、愤怒、好奇、委屈、绝望……他的神采飞扬、黯然神伤、含情脉脉、怒目圆睁，终于在我眼中展现出来。观众的来信让我感到自己的付出受到了肯定："当孙悟空径直对着妖怪怒目时，那火眼金睛的光彩真是咄咄逼人！是那样明亮、有神！"著名作家吴祖光写道："我永远忘不了孙悟空被压在五行山下时的那双眼睛。"

炼丹炉里逃大圣

　　为了达到逼真的效果，《西游记》里很多火烧的镜头，在当时的拍摄条件下都是真火真烧。这对我来说是不小的考验。

　　孙悟空在太上老君的炼丹炉里不但毫发未伤，而且还炼就了一双火眼金睛，坏事变成好事。可我在这场戏里却饱受折磨。

　　这组场景是在育英学校搭建的摄影棚里拍摄的。那时正值盛夏，天气炎热，我需要在烈火包围的情况下表演，并且身穿防火石棉衣，外套猴子戏服。

　　美工们制作了一个半球状的炼丹炉，为了抗火烧，他们在内壁表面覆盖了一层薄铁皮。为表现炉中四处烈火熊熊的气氛，剧组在摄像机与我之间搭起了多层火架，烟雾师在丹炉的内壁及火架上都涂满了凝固汽油。拍摄时，他们将在拍摄区点火，并时不时地用风机吹进风烟——我将在这个表演区内不断翻滚。

　　开拍！我钻进炼丹炉，工作人员点燃炉壁上的汽油，只见火苗"腾"地蹿出一尺多高，火焰马上四处乱窜。我窝在烈火炎炎的炼丹炉里，真正感受到火烧火燎的滋味。可我是不怕火烧不怕铁打的孙大圣啊，一定要咬牙忍住，在导演没喊停之前，我还是要坚持在炼丹炉里翻滚跳跃。

　　"那大圣双手揝着眼，正自揉搓流涕，只听得炉头声响，猛睁眼看见光明，他就忍不住将身一纵，跳出丹炉，呼啦一声，蹬倒八卦炉，往外就走。"

在熊熊火焰中，我感到自己熔化成了孙悟空，和他一起嬉笑、忍痛，终于炼就火眼金睛，最终打破桎梏，回归自由……

"好！"导演一声令下，终于停了。我赶紧从炼丹炉里跳出来。

"镜头里真实感很好。"杨导特别高兴、特别满意地跟我说。

我这才如释重负，大口喘气，大口喝水。

"哈哈哈哈……"突然我的周围爆发出笑声，大家都看着我乐。怎么了？

化装师递给我一面镜子："猴子，你照照！"

我接过镜子一瞧，也乐了：露在外面的"猴毛"被烧了，眉毛没了，眼睫毛也被烟火燎得卷曲了，脸上贴的猴脸被烤得变了形，这哪还像个美猴王的样子啊！

"三昧真火"的滋味

拍《大战红孩儿》这集时，红孩儿要向我吐三昧真火。一吐火，那火就真在我身上烧，要怎样才能既拍得逼真，又不让自己受伤？

我里面穿上石棉衣服，外头套上孙悟空的衣服，烟火师给我喷上水，刷上凝固汽油。预备之后开拍时，红孩儿一吐火，他们就点火，这样我的腿部、臂部和背部都会燃烧起来。烟火师还在我身前身后用凝固汽油燃起两道火墙。

开拍了，因为凝固汽油涂得少，火势没达到理想效果，导演感到场面不够精彩、不够逼真，决定重拍！于是剧组的同事又加大了火力。

再次准备就绪，我觉得可以开始了。当时我们师徒四人，只有我在现场有这个镜头，于是其他三人帮忙保护我。唐僧拎水桶准备泼水，猪八戒拿把铲子准备铲沙子，沙和尚拿了一块麻袋布——都准备给我灭火。沙和尚声音洪亮："没事，金莱你上，如果你要不行了，就说话，我拿麻袋布一扑就完了！"好，多重保护，上！

导演说"开始"，"啪"，一点火我就傻了，脑袋都蒙了，火先把我的眼睫毛烧掉了，不一会儿把我的左侧毛烧掉了，脸也马上被烧得变形了……在火焰里撕扯时，我想起导演说的："如果你坚持不了就说，或者往外一滚，我们就知道了。"我从一开始毫不在乎，还嘻嘻哈哈，到最后真难受了，呛了——这次在我身上涂的固体汽油太多，身上又重

又厚，做动作时很不方便，而且被火紧紧包着，我这个"火人"被烧得晕头转向，喘不过气来，这时候导演还没喊停，我只好在地上拼命打起了滚。

杨导看着监视器，说："好！好！好！……"全剧组的人都兴奋起来，一起喝彩——他们以为我是在即兴表演吗？！最后我已经听不到"好"了，求生的本能让我拼命往镜头外一滚——导演这才知道不对劲儿了。全剧组马上过来给我灭火。我窒息了有一分钟，吸了氧才一点点缓过来——这时记者马上过来采访：

"老师，你现在最大的感受是什么？"

"我跟你说，人被烧死之前什么感觉，我最清楚！"

火焰山上被"烤羊肉串"

《三调芭蕉扇》一集，讲述的是唐僧师徒途经火焰山时发生的故事。这一集是在新疆吐鲁番盆地拍摄的。

由于时差的关系，我们刚来吐鲁番时感觉很不习惯——按照北京时间，这里早上9点多太阳才刚露脸，晚上10点太阳还没下山。连续多天，我们都在火焰山现场拍外景。

从吐鲁番出发，汽车开了两个多小时到达火焰山。这里是一片赭红色的山谷，参差交错的岩石堆砌起一座座锯齿状的山峰，干燥的暗红色地面看上去粗糙坚实，可是脚踏上去便会陷进沙土里。原来，这儿的土地是一层脆硬的盐碱土，表层下面则是热烘烘的沙砾。

火焰山果真是寸草不生！这里看不见任何绿色植物，因为酷热，这里几乎不下雨。即使有雨，也因为空气太干燥，雨下到半空就挥发完了。

我们感到巨热，却没有满头大汗的感觉——因为这儿太干燥，人体皮肤冒出的汗水很快就被高温的热风吹干了！我们的脸上和裸露的皮肤上，总感觉附着一层细盐粒儿细沙粒儿，手一碰就掉一层。当地人一再告诉我们："无论天有多热，一定要穿上外衣，千万不要光着膀子，否则很容易被强光灼伤！"

拍摄现场骄阳似火，地面就像烧着了火的热锅般灼热。

天气炎热，可终究还是要穿戴整齐、好好化装的。我贴脸、穿猴衣，

这是拍摄《三调芭蕉扇》时的工作照，我系上钢丝，被大吊车高高吊起，只觉胸口被勒得发闷，这还仅仅是开始，等火焰山的大火燃起来，我立刻成了架在烤炉上的"羊肉串"

全副武装；猪八戒贴脸壳、捆肚皮……我们牵马挑担，在火焰山上艰难行走。镜头里的画面从大沙丘的斜坡走上，场面很壮观，可是拍起来却很不容易。

我们的"白龙马"被换掉了，因为来新疆的路实在太远，加上在新疆用到白龙马的镜头不多，为了节省经费，这次白龙马就没带过来。我们从当地借来一匹马做"替身"。天气太热，这匹马又从来没有拍过戏，第一个镜头就搞砸了——我牵着它刚走到半山腰，它就硬是不肯走了，连续两次都纹丝不动！烈日炎炎，我贴着猴脸，穿着戏服，本身已难耐酷暑，加上马的倔脾气，整个拍摄的停滞，把我急得心里也着火了！

我们和马都歇了会儿，喝了不少水降温。不知是不是情绪过去了，马似乎稍微配合了一些。再次拍摄时，我使出全身力气，连拉带拽，终于把马拉上了山。与我类似的是沙和尚，这个镜头反复拍摄，而每次拍摄，他都要重新挑担，负重前行。——镜头完成后，我们直接躺倒在沙窝里！

《三调芭蕉扇》中，有不少火焰山熊熊燃烧的镜头，在现场如此大的面积里，用燃烧凝固汽油等方法来拍这种镜头是不可能的——总不能把火焰山都给浇上汽油点着了吧？剧组经过研究，决定所有的大全景空镜头都等回京后用模型来拍，剩下的必须在现场拍摄，演员局部燃烧的镜头，也要在火焰山当地拍完。

有一组镜头是：孙悟空借来假铁扇，灭火不成反倒把火越扇越旺，结果躲闪不及伤到自己，孙悟空身上着火，赶忙逃走！

根据镜头需要，我身上要有多处被火烧着的地方。像拍红孩儿那一集一样，为了避免真被烧着，我在衣服里垫上很厚的石棉布，在几个着火点上也缝上了厚厚的石棉块。开拍时，再在石棉块上涂抹凝固汽油。

为了展现飞跃逃走的状态，我身上需要系着细钢丝，吊在吊车吊臂上，安全带和钢丝绳把我勒得有点喘不过气来，我胸口发闷，几欲呕吐。

拍摄现场需要展现熊熊燃烧的状态，于是，烟雾师们摆开"龙门阵"，在事先挖好的沟里铺成油道。准备停当，烟雾师引爆了雷管引爆火区，只听一声爆响，遍地烟火腾空而起，炙热的气浪百米之外都感受得到！从低角度向上仰拍，真的感觉火焰山像烧着了一样！

我身上系着细钢丝，吊在大吊车的吊臂上，向上跃起，在空中翻腾，

后面是辽阔的火焰山，熊熊燃烧的火海！

孙悟空浑身是火飞过画面！

由于事先各种工作准备充分，拍摄中互相协调顺畅，这组镜头一次就拍摄成功了！

酷热天气、烟熏、火燎、捆绑、悬吊，想来幸亏当年只有 20 多岁，身体顶得住，不然，怎么着也得死几回了！

我在火焰山上被炙烤、被燃烧到浑身是火，许多人开玩笑说：

"这哪里是在拍电视剧，分明是烤羊肉串！"

犬口脱险

在拍摄《大圣闹天宫》那一集时，我和二郎神的哮天犬追逐打斗，我真实地经历了一场"犬口脱险"。

剧中扮演哮天犬的是江西九江一位工人养的退役警犬，高大威猛，特别凶狠。除了主人，这只狗对谁都是一副虎视眈眈的样子，我们剧组的人都小心翼翼地躲着它，不敢靠近。

准备开拍了，剧组的工作人员给我化好了装，将美猴王的衣甲穿戴整齐，戴好了用雉鸡毛做的头冠。

为了做好防护，剧组特技人员用细钢丝把我吊在滑轮上，好让"孙悟空"以离地一两米的高度悬空向前飞，"哮天犬"在下面追赶。

一切准备就绪，工作人员将那条"哮天犬"牵了出来，站在离我不远的地方，等待导演发话开拍。也许是我头上那两根雉鸡毛迎风摆动引起了警犬的警觉，我发现它的两只黑眼睛一直滴溜溜地盯着我。我心里隐隐有种不祥的预感。

导演示意，拍摄开始。

"咬他！"

警犬主人一声令下，"哮天犬"眼冒寒光，口吐红舌，疯狂地向我扑来。守在一侧的工作人员见状，赶忙拉绳索把我吊起，我这个"孙大圣"立即腾空而起，脱离险境。当绳索把我拉到距地面较高的地方时，

那只警犬眼睁睁地看着我就是咬不着，急得暴跳如雷。

工作人员拉动着我，"孙悟空"向前"飞"，"哮天犬"在后面狂追。很快，我被拉到钢索的另一端。"好！"导演叫停，这组镜头算拍摄完了。

还没等我松口气，险情又出现了。特技人员正准备放我下来，我已经滑到了绳索中间的位置，距离地面不到两米。谁知后面追上来的警犬还在戏里，它可抓住了机会，直冲我扑过来，嘴巴狠狠咬向我的一条腿。我的心快要蹦出嗓子眼儿，出于本能，我猛然使出了全身力气把腿一抬，可是躲闪不及，我裤脚下面的衣甲下摆已被它咬下一大块儿！这时，警犬主人赶忙喝住它，"哮天犬"这才罢休。我暗自庆幸，若不是美猴王的这件衣甲护体，我腿上的肉可就不保了！

后来，剧组的同伴告诉我，为拍出凶狠模样，那条"哮天犬"在出演之前，已经有两天没吃过东西了，难怪它对我那么凶！

这个镜头真实好看，杨洁导演很满意这次的拍摄，就正式用了。大家在看电视剧《西游记》中孙悟空的衣甲被"哮天犬"咬下一大块儿的那个镜头，就是我那次"犬口脱险"的经历。

一天尝遍五百年寒暑

很多人对《西游记》里孙悟空被压在五行山下的情节，印象非常深刻。孙悟空被如来佛祖压在五行山下，经受了五百年的风吹雨打。比起他来我就幸运多了，这五百年的日日夜夜，我在短短一天的时间里就拍完了，不过，这一天拍得也并不轻松。

这场戏是在云南石林拍摄的。美工师为我找到了一个供"落难的猴子"容身的小溶洞。孙悟空在五行山下历经了五百个严寒酷暑，我则要在这个溶洞里，把美猴王所经受的大自然的磨难表现出来。

刚开始剧组的设计是把我的头和两只手都露在外面，但我觉得这样自由度有点大，显示不出条件的艰苦，就申请只露出头和一只手在外面，手刚好能伸出去捡食物吃。

我在这个溶洞里拍摄了春夏秋冬四个季节的场面。夏天，瓢泼大雨浇在我的头上；秋天，为了显示出几百年间大自然对孙悟空的"洗礼"，我想让孙悟空头上长出青苔，可当时的拍摄条件简陋，我只好用马身下的泥在头上粘了一些——其实那就是马尿和的泥，然后找些干树叶挂在头上；冬天，北风呼啸，裹挟着飞雪，吹得我睁不开眼睛，孙悟空还要吃"雪花"，当时由于条件所限，"雪花"只能用石膏粉和泡沫做成，为了逼真，我也认真地嚼在嘴里，拍完后再马上吐出来。拍完这场戏后，我已经变成了一只晶莹似雪的"玉猴"。

这一天的拍摄过程中，我全副武装，一身猴衣。这猴衣是用类似女性穿的连裤袜钩上人造毛做成的，穿在身上特别扎，一出汗那滋味就更难受了。还记得当时一位现场观众笑着对我说："见你拍戏都这么辛苦艰难，不难想象当年孙猴子受难的滋味。"

让我记忆最深刻的是拍摄"师徒见面"那场戏的情景。杨导让我一边跑，一边喊"师父"，直到一下子跳起来跪在师父的面前。石林的碎石长着尖尖的棱角，我当时只想着一定要演得逼真，其他的根本没多想。随着导演一声令下，我迅速调整心态，进入角色。带着一种大难不死后的狂喜，以及对师父的由衷感激，我急急跑入画面，双眼凝视师父好久，突然跪在他面前。这一跪让我膝下感到一阵钻心的疼痛，差点叫出声来……

好在镜头到此为止，可是我却已经站不起来了。我慢慢地抬起了左膝盖，只见贴身的尼龙猴毛裤已经被磨破，鲜血还在不停地往外渗。

无保险、无替身，死生有命

一根青藤救了我的命

在贵州黄果树瀑布拍摄《猴王初问世》这一集，猴王出世后，在水帘洞旁与一群猴子由敌视到了解，再到友好，最后一起进入水帘洞安居乐业。为了使画面逼真，导演要求我在长满青苔的山崖和石径上连爬带走，还要欢快地跳跃。

临上场前，剧组同事一再关照我要注意安全，尽量靠悬崖的里侧走。说来也巧，那天我刚好穿的是一双轮胎底胶鞋，踏在光滑的石头上，不停地打滑。一开始我还有点顾忌，每迈一步都非常谨慎。后来伸展伸展四肢，活动活动筋骨，渐渐地就来了兴致，胆子也越来越大。谁料一不留神，脚跟一滑，仰面一个倒栽葱便摔了下去。幸亏我还算机灵，虽然手忙脚乱，还不至于慌了神，赶紧抓住一把茅草，又有根青藤把我的右脚缠住了，这样我才没有摔下悬崖，但已大头朝下地悬在半空中，悠悠荡荡地晃来晃去。

这一切发生得太突然，导演从镜头监视器里发现我突然不见了！不由得紧张地叫起来："猴子，猴子呢？猴子哪里去了？"于是大家连忙分头去找，我大叫："哎，我在这儿呢！"大家闻声赶来，看到我的样子都吓了一跳，只见我的头离地面只有半尺多高！地面上全是乱石，

差一点儿，我就脑浆迸裂了。大家纷纷嚷着："天哪！赶紧，赶紧救猴子……"于是七手八脚地把我救了上来，我的左膝和后背都已磨出了血。

那天晚上，大家坐在一起看样片，才知道白天在我身上上演了一段惊险的"戏外戏"。

1983年夏天，在贵州黄果树瀑布拍摄《猴王初问世》时的留影。站在景色宜人的花果山水帘洞前，我一副踌躇满志的表情，其实，拍戏时差点把性命丢在这儿

狠摔成骨折

我们在北京戒台寺拍《官封弼马温》这一集，有一场太白金星来请孙大圣上天的戏，需要用钢丝把我吊到空中。第一次吊起我的时候，拉钢丝的人拉慢了，于是我在空中晃晃悠悠，不像是直飞上天，倒像悬空自尽，只好重拍。

重拍前，我无意中发现在我的身下有一块大石头，提议说："反正也拍不进去，不如把石头拿掉吧！"导演采纳了建议，让人撤走了石头。我又一次"飞"上天，口中说道："妖怪哪里跑！"可没等"跑"字说出口，突然钢丝断裂，我顿时从空中掉了下来，正摔在原先放石头的地方，当场休克。大家赶紧把我送到北京积水潭医院，经检查为骨折，必须卧床休养。大家都吓得一身冷汗——要不是提前将大石头搬走，后果不堪设想。

出院后，我回到宿舍，发现地上躺着一尊摔成两半的瓷观音像。这尊观音像是父亲送给我的，戏曲界先前有一句话："唱戏的要拜唐明皇，演猴的要拜观世音。"这条不成文的规矩已经流传了几十年，当初父亲送给我的时候，我并没太在意，只是用红布裹起来，当作装饰品摆放在宿舍的窗台。窗台足有一尺多宽，我宿舍的门窗又是紧闭的，按理说观音像是不会掉到地上的。可是眼前的景象让我非常吃惊，我无法用科学解释，只能在心中默念，希望观世音保佑我走到"西天"，取到"真经"。

人的艺术魅力永远胜过高科技

孙悟空上天入地，烟熏、火燎、捆绑、悬吊、翻滚，并且有许多高难度、危险的武打动作，所有的这一切，都由我自己完成。

为什么不用替身？孙悟空不同于一般的武打角色，不是找一个形体相似的人就可以代替。孙悟空是一只猴子，找东西、抓妖怪，动作都和人不一样，不易模仿，很难找到替身，即使找来也不敢保证画面效果一致。

那时候我们拍戏没有保险，有位香港导演听了觉得简直不可思议，说："这么重要的角色，万一摔死了可怎么办？"那也没办法，摔死了也就摔死了，死生有命。其实剧组还是对每个人都很关心爱护的，确实是当时拍摄条件有限。

如果现在来拍《西游记》，许多危险、高难度动作都可以用高科技来完成，不用经常拿生命来冒险。但是真正的艺术，是无法用高科技代替的，我仍然相信，人的表演艺术魅力永远胜过高科技。当年自己冒险成功，我感到很幸运，很欣慰。

把每一集电视剧都当成电影拍

《西游记》前 25 集历时 6 年才拍摄完成，从 1982 年到 1988 年，我饰演的孙悟空，从造型到表演到色彩，不断地变化，不断地完善。我们日日夜夜、时时刻刻都在摸索，每集都按电影的标准拍摄，等于拍了 25 部电影。

为了拍出西游之路的无限风光，我们总是选择中国最好的风景区去拍，拍瀑布就去黄果树，拍山就去庐山，拍洞就去湖南的冷水江……观众观看《西游记》电视剧的同时，还能欣赏到中国最美丽的景色，这也是《西游记》的优势。我们每到一处都是绿灯："你们来了，我们非常欢迎，你们在为民族文化做事情，我们请你们吃饭住宿算什么？"当地政府全力支持我们，吃住免费，有时火车上用餐都不要钱。

6 年 25 集的《西游记》整体投入 600 万元左右，不算多。演员中我的工资最高，每集 80 元，导演和我们都一样，6 年一共 2000 元工资。虽然不多，可是观众给我们的支持，我在其中的收获，是远远不能用金钱来衡量的。

历经艰险，深耕细作，回顾漫长的拍摄历程，我为整个剧组感动。

1982 年 7 月拍摄试集《除妖乌鸡国》，于当年国庆节播出；

1982—1985 年拍完前 11 集，于 1984 年 2 月 3 日春节播出《计收猪八戒》《三打白骨精》2 集，1986 年春节期间播出前 11 集；

1986 年拍完《夺宝莲花洞》《除妖乌鸡国》《大战红孩儿》《斗

法降三怪》《趣经女儿国》《三调芭蕉扇》《扫塔辨奇冤》《误入小雷
音》《孙猴巧行医》9集；

1987年为介绍《西游记》拍摄情况，请各路"神仙""国王"给
观众拜年，中央电视台录制了"齐天乐"晚会，于春节期间播出；

1987年拍完《错坠盘丝洞》《四探无底洞》《传艺玉华洲》《天
竺收玉兔》《波生极乐天》5集，至此《西游记》前25集全部拍完。

1987年大年初一，《西游记》剧组共同创作了一台"齐
天乐"晚会，送给全国的电视观众。晚会没有太多大腕
和高科技的声光电，但几十年后的今天，仍然获得网友
很高的评价

墓前还愿

中央电视台开始播出《西游记》前 25 集，是在 1988 年春节。几集播出后，便引发巨大轰动，有的地方甚至出现万人空巷看《西游记》的情形。该片荣获当年飞天奖、金鹰奖；我也获得了第六届金鹰奖最佳男主角奖，同时荣获第一届中国电影电视十大明星奖。我以 123 万张选票当选为第二届中国电视十大明星首席。"六小龄童"的名字很快在海内外家喻户晓。作为中央电视台中国电视剧制作中心的一员，我随中央电视台《西游记》艺术团到全球各地去巡回演出，先后出访了加拿大、泰国、新加坡、马来西亚等国家，受到更多观众的欢迎。1988 年，在一个海内外众多演艺界人士参加的颁奖活动中，我第一个走上领奖台，领取加拿大颁发的"杰出华人艺术奖"。

在鲜花和掌声的包围中，我悄然回到故乡绍兴。我来到上虞道墟镇二哥小六龄童的墓地，把鲜花和醇酒放到他的墓前，我站在墓前，低头致意，心中默默想起当年的约定。

二哥临终前对我说："当你演成美猴王孙悟空的那一天，就能见到我了。"可是，现在我们一个在墓外，一个在墓里，三尺尘土就这样把我们兄弟俩遥遥隔开了。

为了能够跟二哥"见面",为了能够把早逝的二哥的事迹告诉更多的人,我参与策划并主演了8集电视连续剧《猴娃》。

1993年秋,由中央电视台影视部、中国儿童电影制片厂和华华集团公司联合摄制的反映我们家族史的8集电视连续剧《猴娃》拍摄完毕。我在剧中饰演我的父亲六龄童,并因此荣获中国第十二届金鹰奖最佳男配角奖,成为金鹰奖史上第一个两次获此殊荣的演员。该电视剧还获得了第十四届飞天奖及第十二届金鹰奖最佳儿童连续剧奖。

戏如修行　意为先

神在先形在后，艺在先技在后

2015 年 7 月 3 日在法国巴黎埃菲尔铁塔前

巅峰过后是低谷，热闹以外是寂寞

《西游记》前25集拍完后，我最大的遗憾是没有完整地把《西游记》搬上荧屏。在随后的日子里，我曾经和杨洁导演四处奔走，希望找到投资商，把《西游记》拍完。但是，《西游记》余下来的剧情在当时的条件下，拍摄难度都是很大的，这块连中央电视台都啃不掉的硬骨头，一般的影视机构怎敢去啃？

就这样，补拍《西游记》遥遥无期。我这个"孙悟空"一旦离开"花果山"，突然不知道路在何方。

应该说，那时的我正处于人生的巅峰期，我从6年前名不见经传的23岁青涩少年，成为一个家喻户晓、街谈巷议的著名演员，每天都有世界各地的影迷给我写信，来自各界的各种邀约让我应接不暇。我的一举一动、一言一行都成为外界关注的焦点，人累心更累。

回想当初进剧组拍《西游记》时，我承载着二哥临终前的嘱托和整个章氏家族的厚望，义无反顾地一头扎进了孙悟空这个角色当中。如今，我扮演的美猴王孙悟空终于得到世界各地观众的认可。可是，我只有29岁啊！接下来的路，我该怎么走呢？

那段时间，在外人看来我正处于人生的巅峰，而我却认为那是自己的低谷；外界看来我的世界热热闹闹，只有我自己清楚那热闹之外是一种失落和寂寞。

　　我走上演艺道路的情况比较特殊，我的戏曲主要是家传所学，1978年才考入浙江昆剧团，《西游记》直接把我从戏曲演员变成电视剧演员，而这之前我没有演过别的电视剧，我总觉得自己得到的荣誉和名气就像空中楼阁一样，总有一种不太实在的感觉。有观众来信说："拍完了《西游记》，才是你真正九九八十一难的开始。"这话我非常认同，拍完《西游记》后的所有，都需要我自己慢慢去调整。

　　一方面，我在《西游记》剧组待了 6 年之久，每天与孙悟空这个角色朝夕相处，每天想的是孙悟空，念的是孙悟空，学的是孙悟空，演的是孙悟空，久而久之，我觉得自己已经活成了孙悟空。从 23 岁到 29 岁，我把人生中最黄金的阶段都奉献给了这个角色。可以说，孙悟空已经彻底融入了我的血液和骨髓。

　　另一方面，在拍摄《西游记》之前，我一直待在父亲和家人身边，也从未离开过家人，可在剧组待过 6 年之后，我随着剧组走遍了千山万水，认识了无数良师益友，如今，《西游记》前 25 集拍完了，剧组和多年来亲如家人的演员们也随之解散，各自回归各自的生活。我也离开了原来的大家庭，和于虹组建了自己的小家庭。每天起早贪黑井然有序的剧组群体生活，变成了一切都可以自主安排的个人生活。这种改变，也让我一时之间难以适应。

　　好在那段时间，妻子于虹一直陪着我。她经常带我去看一些不同风格的国外电影，参观一些图书馆、艺术馆、纪念馆，还去拜访了影视界的一些导演，跟他们交流和沟通，了解戏曲、影视、文学、美术等各领域的真谛。慢慢地，我也就让自己整个人沉淀下来了。在剧组 6 年，虽然很充实，但也身心俱疲，每天压力都很大。现在能够放松下来，每天还能接受新东西，所以在这 3 年之中，我也学习了很多。

黄健中导演把我从猴变成人

在拍完《西游记》前25集，苦苦筹划补拍无果的日子里，我做出决定：第一，积极转型演其他角色；第二，继续练功，钻研猴戏，静候时机。

谈到转型，谈何容易？我因为演了太久的孙悟空，一举一动未免都沾了"猴气"，许多人都认为我无法再演其他角色。另外也有一些热爱我的观众，在他们的心目中，我就是孙悟空，除了孙悟空以外我不能再演其他的角色，否则就是给孙悟空抹黑。这让我非常苦恼。

3年以后，机会终于来了。1991年黄健中导演在筹拍电影《过年》的时候，缺少一个扮演剧中大哥的演员，黄健中导演的爱人是我们中央电视台电视剧制作中心的导演，就推荐了我。

如果说杨洁导演把我从人变成了猴，那么黄健中导演则是把我从猴变成了人。

当时《过年》剧组里的演员有很多大腕：李保田老师、赵丽蓉老师、葛优、丁嘉丽、申军谊、马晓晴、梁天……这么多的好演员都是在演自己最优势的一面，只有我，要扮演的大哥是个青年教师，性格木讷，受妻子的管束，这个角色就相当于不仅把孙悟空的四肢捆上了，而且把孙悟空的脸也封上了。所以我的心理压力特别大。

当时我专门去学校体验生活，有个男教师，穿着中山装，兜里别着钢笔，我觉得挺好，就在剧中借鉴了这位男教师的形象。但开拍之后，

电影《过年》中，我与演员丁嘉丽演夫妻，她当时怀有 4
个月身孕，而剧情要求我一巴掌打到她的脸上。为了表演
真实，我这一下打得有点重，效果有了，心里却很内疚，
第二天，我特意买了水果去看丁嘉丽

我的内心仍然很忐忑，我把自己的担心告诉黄建中导演，可是黄建中导
演却说：

"要的就是你这种忐忑的状态，演还演不出来！"

在拍摄现场，黄健中导演下命令："任何人不许和章金莱讲《西游
记》，不能和他开玩笑，不能提孙悟空！"

有一次马晓晴故意开玩笑，说我："猴相又出来了！"

我一听吓坏了，导演马上批评她："胡说八道！"

马晓晴哈哈大笑。

我演戏时经常去问黄导："行不行？"

黄导总是说："行！我说行就是行，如果不行我就会告诉你。"

我稍微放心了些。过了几天，又不放心了，又跑到黄导那儿："黄导，我想看看回放。"

黄导说："不用看，你就按照现在的演就行了。"

我放下了心，但过了几天，我又对黄导说："黄导，我没有把握。"

黄导笑着说："你25集的《西游记》都能演好，难道还演不好这个角色吗？不好把握就不要去把握，你就'跟着感觉走'。"

就这样，在黄导及全剧组同人的鼓励下，我渐渐地找到了感觉，找到了自信。

后来，有朋友告诉我《过年》审片会上的一些细节。

陈凯歌的父亲、著名导演陈怀皑说："这13个演员都演得非常好，尤其是这个大哥，很出色，他是哪里的？"

答："他以前是搞戏曲的，没演过什么电影，只演过电视剧。"

陈导问："什么电视剧？"

答："《西游记》。"

陈导打破沙锅问到底："演什么角色？"

"孙悟空。"

"……"陈导怔住了。

陈怀皑导演的肯定让我感触颇深。后来我凭借这部戏获得了百花奖最佳男演员提名，虽然没有最终获奖，但这却给了我很大的信心：我可以演并且可以演好孙悟空之外的角色。

　　接下来，我又主演了几部影片。1991 年，我在《喜剧明星》中演文质彬彬的记者罗平，与梁天、葛优、马晓晴、谢园等人合作。我还在电影《周末恋爱角》中饰演一名普通的建筑工人，与演过"苏妲己"的傅艺伟合作，谈了一把"恋爱"。1992 年，我在《祝你好运》中演一个留着胡子、颇具艺术范儿的新潮导演。

　　1994 年 9 月，我参加了谢晋任总导演、武珍年任导演的 15 集电视连续剧《大上海屋檐下》的拍摄，饰演著名的京剧武生颜世鹏，与麦文燕女士饰演夫妻。2004 年，我还在《青春的忏悔》中饰演一名医生……我尝试各种角色，力图让孙悟空有七十三变。

　　在积极努力拓宽戏路的同时，我内心深处的猴王情结一刻不曾忘记。我始终有一个信念，无论如何也要把电视剧《西游记》拍完，不然一辈子心都难安。

　　因此从 1988 年到 1998 年，我始终坚持不懈地刻苦练功，琢磨猴戏，为有朝一日重回花果山、补拍《西游记》做准备。这势必会影响我开拓其他戏路，但为了完成英年早逝的二哥的遗愿，为了对猴王世家和中国猴戏事业忠诚，我无怨无悔。

40 岁重回花果山

1998 年 7 月，中央电视台终于决定补拍电视剧《西游记》。我十年的磨炼终于等来再试身手的机会，但此时我已经整整 40 岁。廉颇老矣，尚能饭否？

补拍导演还是杨洁，但有不少演员都换了，包括我的"师弟"八戒和沙僧。我心头涌起莫名的失落，突然有些不自信。我对杨导说：

"如果有合适的人选，把我也换下来吧。"

杨导回答："如果你换下了，不仅台里不同意，观众也不答应呀。如果你也换了，《西游记》干脆不要补拍了！我们现在做的不是重拍，不是续拍，而是补拍。我们拍好之后是要与前面 25 集合而为一的。"

秉着这份信任，我重新燃起信心。

续拍《西游记》，中央台的要求是：前后要吻合，要统一，连起来是一个前后连贯的故事；服装不能变；先考虑统一，再考虑某些方面的创新提高；如可使用高科技，就用高科技来添彩。

《西游记》前 25 集，由于受当时的技术设备条件限制，特技镜头太单调、太虚假一直是困扰剧组主创的难题。现在科技日新月异，剧组得以运用电脑三维动画做特技合成效果。于是，过去不敢想象的镜头现在可以很成功地表现出来：孙悟空变成儿童、猪八戒变成小女孩、唐僧变成孙悟空……

　　《西游记》续集在高科技、武打、摄影、美术上，确实都远远超过前25集一大步。但其拍摄依然艰难。

　　记得《险渡通天河》那一集，我们在七月骄阳下拍摄一场冬天的雪景。拍摄现场被剧组美工布置得一片雪白，景物上的"雪"是由滑石粉、细盐、塑料泡沫等混合物喷撒成型，而自天而降的"雪花"是由粉碎再经加工的"米菠萝"碎片做成。拍摄时还得用风机、风扇适当地吹动"雪花"，这样在镜头里才有真实感。杨导一声令下："开始！"拍摄现场顿时纷纷扬扬下起"大雪"。室内，身穿厚厚冬装的"唐僧师徒"，有的和衣而卧，有的蒙头盖上一床厚棉被，还被"冻"得哆哆嗦嗦——而此时此刻，现场围观的观众及剧组人员身着单衣短裤还流汗不止！另外，演员们还要同时经受现场十几个千瓦的灯光烧烤，一场戏下来，衣服都能拧出水来！更难受的是，其中有两场戏还要在闷热的屋里架起炭火盆，盛夏酷暑，演员们要身穿厚厚的冬装，围着火盆烤炭火！……

　　续集拍摄中，这种情况很多，剧组并没有因为高科技的运用，降低演员的要求、道具使用的标准。

　　原本按照杨洁导演的想法，因为我年龄大了，遇到吊钢丝等高难度动作可以找特技演员代替。但还是那个老问题，特技演员很少有"猴相"，因此孙悟空的高难度动作还是由我来完成。幸亏这十年来自己没有荒废练功啊！

　　《真假美猴王》这一集，涉及两个美猴王对戏的镜头，很多是用镜头拼接的技术——我们观众熟悉的那个假美猴王逃、真美猴王追的那个画面，其实是我一个人先表演逃、后表演追，分两次表演，然后特效师做一次融合拼接而成。那些我一个人无法完成的特效镜头，替身演员一

起帮忙完成了——真美猴王是我演的，假美猴王的文戏也是我演的，当涉及假美猴王的武戏时，就由替身演员上阵，与我一起对打。他们基本功不错，也很认真，大家一起尽心尽力地完成了这一集。

《西游记》续集虽然运用了很多特技，但是我仍然认为人的艺术魅力永远高于高科技。艺在先，技在后。特技是为艺术服务的，不能喧宾夺主，只能锦上添花。比如火眼金睛，只有先有演员活灵活现的眼神表演，在这个基础上，再加上高科技对火眼金睛的运用，才能达到完美无缺。耍金箍棒，需要演员把中国戏曲武术的棍法都融进去之后，动感表演，在这个基础上运用一根变成几万根的特技，才好看。纯粹特技，观众会看着像个游戏，而不是有艺术水平的画面。

经过艰苦的努力，《西游记》后 16 集于 1999 年拍完，2000 年春节期间播出。至此，41 集电视连续剧《西游记》终于以完整的面貌与观众见面。

观众已不再是当年的观众

《西游记》续集补充了前 25 集九九八十一难中缺少的几难，而且战斗场面更加华丽，人物形象更加饱满。但播出以后，观众却并没有像前 25 集那样，给予一致好评和赞誉，而是有一些批评，有的观众直言不讳地说：六小龄童已经胖了，老了，身手不如以前了，从齐天大圣变成齐天"老"圣了。

我很遗憾自己不能像真正的齐天大圣那样，吃过仙桃、仙丹，可以长生不老，青春永驻，我无法抗拒一天天走向衰老的自然规律。很多时候，艺术不是通过刻苦努力就能做好的。人的艺术生命都有一个巅峰期，过了这个巅峰期，我可以努力去接近，却无法超越。补拍《西游记》的时候我已经 40 岁了，不可能跟当年 26 岁时那样，我只能尽量去弥补。另外，我真的胖了吗？从体重上来说，我并不比十年前胖，那为什么观众认为我胖了呢？其实，齐天大圣还是那个齐天大圣，而我们的电视观众已经不再是十年前的电视观众了。他们在这十年间看惯了外国大片，口味已经不知不觉提高了。

《西游记》中的我，前 25 集感性多一些，后 16 集理性多一些。前 25 集活泼粗放，后 16 集的表演更多老成细腻。如果说前 25 集是写意画，后 16 集就是工笔画。

　　对于我来说，前后两部《西游记》就像我的两个孩子一样，很难说哪个好，哪个不好。从付出多少来说，前25集我们花了整整6年时间才拍完，付出的心血更多一些，而后16集只花了1年的时间；从艺术角度来说，前后两部分我们都投入了很大的精力和心血，但由于《西游记》中最精彩的故事几乎都集中在前25集，而后16集中的情节大同小异，所以给人感觉没有前半部精彩。前25集和后16集就像是文物修补工作一样，当它终于以完整的面貌呈现的时候，我们才算是完成了这个历史使命。

　　我17年的人物塑造，上天入地，阎王也见了，算是没有枉来到世上，现在，我要回到人间了，嘿嘿，俺老孙"莱"也！

1998年拍摄续集时的照片

人生如戏 个中味

人生一出戏，导演是自己

与杨洁导演在绍兴鲁迅纪念馆前合影

"如来佛"杨洁导演

在取经路上的朋友圈里，有一个人是无法绕过的，她就是《西游记》的导演——杨洁。她神通广大，总揽全局，大家笑称她"如来佛"。

杨洁是新中国第一代电视导演，她出身于知识分子家庭，有很深的古典文学修养。杨导中等身材，作风干练，行动敏捷，浑身总有一股使不完的劲儿。在拍摄电视剧《西游记》之前，杨洁曾录播过我父亲六龄童的舞台剧《孙悟空三打白骨精》。

20 世纪 80 年代初，台湾地区和日本先后播出了他们自己拍摄的《西游记》，观众对其中的表演和故事处理有很多疑问和不满，中央电视台必须拿出自己的东西来与之抗衡。1982 年初，杨洁接拍中央电视台电视剧《西游记》，似乎有一种临危受命的意味。

小说《西游记》长达百回，其中的故事情节及人物形象多年来通过各种艺术门类的描写早已家喻户晓，要把这些人们熟知的人物和情节，用真人实景在荧屏上表现出来，要设置天上、地下、海底龙宫等成百上千个神话场景，要制作成千上万服装道具，还要完成当时不成熟的、国内全无制作经验的许许多多特技镜头……这样一部近 30 集的电视片制作，简直比拍摄上百集的普通电视剧还难！

可是倔强的杨导从没想过"不"，当时已经 50 多岁的她，毅然接下了这个重任。

　　编剧、美工、服装、化装、道具、特技等工种，杨洁全部邀请了当时全国最高水平的专家、高人加盟。唐僧、猪八戒、沙和尚，杨洁导演挑选得都很符合人物形象。

　　杨导对孙悟空的形象进行过全国海选。因有缘与杨导合作录拍过《孙悟空三打白骨精》，父亲举贤不避亲，推荐了我。虽然我出身于猴王世家，可是当时的我还是浙江昆剧院一个没毕业的学生，杨导选中我，并信任我，我是非常感激的。

　　九九八十一难，导演的难并不比我的少。她统领全局，每个细节都严格把关。我这个孙悟空，每一个眼神，每一个动作，每一个画面，杨

杨洁导演在拍摄现场为我们说戏。她统领全局，是剧组的"如来佛"

导都给了我很多中肯的建议。尤其是当我表演不顺、身处压力中时，这份信任和指点显得特别珍贵。

1982年10月1日，《西游记》试集《除妖乌鸡国》播出后，观众对我的表演有很多批评。我心情忧郁，压力很大，最担心的就是杨导会把我换掉。其实，杨导的压力也不比我小，可是杨导那如来佛般的自信鼓舞了我："你的表演太生活化了，我们强调电视剧表演要和戏曲路子不一样，但是如果一点戏曲化都不要，我找你这个戏曲演员干吗？你要把戏曲精华运用到表演中去，好好琢磨，我相信你！"

杨导的话犹如一颗定心丸，吃下去后，可以让我顶住压力，沉心琢磨演艺。正是导演的信任支持了我整个《西游记》的拍摄过程。

《西游记》前25集拍完后，杨导和我一直在运作补拍事宜。1998年，央视决定补拍《西游记》。虽然我一直坚持练功，可是毕竟已经40岁了。我自己没有信心，甚至有点打退堂鼓：

"让别人来演吧！"

"如果不是你演孙悟空，我看就不要补拍了！"

秉着这份信任，我再次拿起金箍棒。此时，也许我老了，身手不如从前。可是，我们需要义无反顾地为着一个使命共同努力，让《西游记》以完整的面貌呈现在观众面前。

6年拍完25集，时隔10年，再补拍完后16集。前后共计17年，杨导和我们终于完成了《西游记》这部鸿篇巨制的拍摄。

一年年含辛茹苦经冬夏

几万里风霜雨雪处处家

取来了真经，回返我华夏

鬓添白发，减损韶华

战胜了八十一难心不老

赢得了世代传颂是酬答

人生总有限

功业总无涯

…………

补拍完最后一个镜头，当片尾曲响起，杨导和我们不禁热泪盈眶。杨导于我，是伯乐，是恩师，是杨导改变了我的一生。

· · · ·

2017年4月15日，是一个令人悲伤的日子，那一天，我的恩师杨洁导演永远地离开了我们，享年88岁。而从杨洁导演离世，到我挥泪提笔写下这篇悼念恩师的文章，刚好一周年。

在我心里，杨洁导演始终是我艺术和人生道路上的导师。没有央视版电视剧《西游记》，就没有今天的六小龄童；没有杨洁导演，观众们也不可能看到我扮演的银屏美猴王。当年杨洁导演在父亲的举荐下看了我的表演后，当场定下了百分之七十，并汇报了央视主要领导和主创，最终经面试后由洪民生副台长拍板决定。这个角色是《西游记》整部剧的魂。常言说"千里马常有，伯乐不常有"，我从没想过自己会是一匹千里马，但杨洁导演于我，却是伯乐。

杨洁导演1929年4月7日（农历二月廿八）出生于湖北麻城，祖

2017 年 4 月 21 日，我和妻子于虹前往北京八宝山
殡仪馆，与恩师杨洁导演做最后的告别

籍四川营山。1949 年 6 月 2 日中国人民解放军攻占青岛市，作为青岛
人民广播电台播音员的杨洁向青岛市人民播出了第一条"青岛解放"的
消息。1954 年，她从青岛人民广播电台调至中央人民广播电台，1958
年进入中央电视台，1961 年开始担任央视戏曲节目导演，她执导的京
剧《香罗帕》在 1981 年被评选为全国优秀电视艺术加工文艺节目。
1974 年起参与为毛主席录制传统戏曲节目，并在湖南拍摄过湘剧传统
戏《追鱼记》等上百个湘剧剧目。1980 年执导电视剧《崂山道士》，
从此开启了电视剧导演生涯。 在拍摄《西游记》之前，我就听父亲说
过杨洁导演的大名。杨洁导演与丈夫——《西游记》的摄像师王崇秋先

生在拍摄中合作默契、珠联璧合。他们的女儿杨云飞在拍《西游记》续集时担任化装师，如今在此领域已独当一面，作品丰富。

还记得当初杨洁导演千里迢迢把我从绍兴选入《西游记》剧组的时候，母亲对杨导说："你就把金莱当自己的孩子。"杨导对我正像一位母亲一样，在生活上非常照顾，在艺术上又非常严格。记得当时剧组里伙食不好，她经常把我叫到家里去吃饭，为我改善生活。而在拍戏过程中，杨导则一丝不苟、滴水不漏。现在我在国内外任何地方表演、讲演时，都会感谢中央电视台领导和杨洁导演给我创造的机遇、剧组全体主创及工作人员给我提供的帮助。

虽然由于当时的技术水平有限，电视剧《西游记》存在着这样那样的不足，但我所听到、看到的反映，都认为杨洁导演的《西游记》是一部经典。参加杨洁导演追悼会那天，在八宝山的灵堂里，我默默地对杨洁导演说：全体剧组人员的心血没有白费，希望杨导在天之灵，能继续感受到一代又一代观众的殷殷之情。

铁打的孙悟空，流水的师兄弟

《西游记》的师徒四人，共同历经八十一难，最终取得真经。我和"师父""八戒""沙和尚"也情同手足。整个拍摄过程中，我们的演艺之路也如戏剧般波折。

《西游记》中，孙悟空曾经离开四人集体回到花果山，唐僧是意志最坚定的，可是和我一起演戏的"师父"不是一个，而是三个——汪粤、徐少华、迟重瑞；我的二师弟猪八戒有两个——马德华、崔景富；我的三师弟沙和尚也有两个——闫怀礼、刘大刚；而在这 17 年拍摄过程中，《西游记》中毛毛躁躁、经常想离开取经队伍的孙悟空——我，却从头演到了尾。

有人戏称我们是"铁打的孙悟空，流水的师兄弟"。

我和这些师兄弟们一起生活，剧内剧外都情同手足。他们有太多值得回味的地方。

第一个唐僧的扮演者是汪粤。在西天取经路上，他是我的第一个师父。汪粤是北京电影学院表演系 78 届的，一到剧组就把一头秀发全部剃光，穿着和尚衣服，拜法源寺的和尚为师。我和他一起去法源寺和白云观体验生活。当时我刚到北京，人生地不熟，汪粤就经常带我去玩，并带我认识了成荫导演和著名作家吴祖光，从他们身上我学到了很多艺

1988 年 6 月在新加坡机场，鲜花与掌声中的师徒四人。戏里我们是师徒、师兄弟，戏外更情同手足。可惜的是，沙僧的扮演者闫怀礼在 2009 年 4 月 12 日去世了

术智慧，并大大开阔了眼界。汪粤经常做案头笔记，分析人物内心。我以前做案头笔记都是按照戏曲程式做的，是汪粤教我学会了做影视案头分析，至今让我受益匪浅。可惜的是，汪粤只演了《偷吃人参果》《除妖乌鸡国》《三打白骨精》等集，唐僧的戏份他没有演完，为了拍摄更多电影，他离开了剧组。

　　第二个唐僧的扮演者是徐少华。徐少华是山东话剧团的演员，演过电影《精变》。他的年龄比汪粤小一些，比我大两岁，人也更瘦一些。他演了将近一半的《西游记》，剧中前半部分唐僧都是徐少华演的，很遗憾，他也没演完就走了。当时他有一个机会去家乡的艺术学校学习，那个时候文凭特别重要，他义无反顾地去学习了。

第三个唐僧的扮演者是迟重瑞。迟重瑞毕业于上海戏剧学院,曾经跟我在同一个单位,都在中央电视台中国电视剧制作中心演员剧团工作。他主演过电影《笔中情》、电视剧《夜幕下的哈尔滨》。迟重瑞出身于戏剧世家,京剧和民歌唱得非常好。他为人平和,很有耐心,他是我后半部西游路上生活和艺术上的师父。迟重瑞信佛,现在已经是居士了。在艺术创作上,我与迟重瑞更默契一些。直至今日,他仍是我的良师益友。

猪八戒的扮演者马德华,是北方昆剧院的著名丑角演员,表演功底深厚,扮演过很多喜剧人物。他在戏里是个贪吃好色的懒货,戏外却很严谨。他在北昆,我是南昆(浙江昆剧团),因为都是搞戏曲出身,所以我们在创作上有很多共同语言。马德华还有一个绝活儿,就是会推拿按摩,我们谁受了伤,他就会帮我们按摩,他几乎成了整个剧组的义务保健医生。后来在补拍《西游记》时,猪八戒这个角色的饰演者换成了崔景富先生。

沙僧的扮演者闫怀礼是北京人艺的,他真诚、热情、善良。因为他老实,我们爱把什么事都往他身上推。在演出时他容易分心,如果现场他说台词"我要吃饭",我们就在下面悄悄嘀咕:"你不是刚吃过吗?"他就犯晕,不知如何往下表演——我们老拿他开玩笑。在剧中,我是大师兄,但在剧组里,他是大师兄,非常照顾我;在戏里,我经常和他一起合伙整猪八戒,但在戏外,却是我和猪八戒经常作弄他。——反正我戏里戏外都不吃亏!

记得有一次我们在峨眉山取景,有一天不用拍戏,我们三个师兄弟就约好上山去玩。我要了个坏,先去饭厅逛了一圈,装作往山上走,然后却又偷偷溜回屋看电视去了。他们一看我不见了，马德华就对闫怀礼说："猴子肯定在前面！"闫怀礼人很老实，就信以为真，一个劲儿往山上跑，跑在前面老远老远。马德华走不到几步就发觉不对劲儿，也不声不响地下来了，只有这位憨厚的"三师弟"，一直找"猴子"找到了山顶，后来很晚才回来，发现我们根本没去。

闫怀礼演前25集《西游记》时年纪就已经比较大了，我们在补拍《西游记》时，剧组决定，沙和尚的扮演者换成中国京剧院的著名花脸演员刘大刚先生。

取到真经，也娶回妻子

《西游记》剧组的人都说我是"西天取经"的最大赢家，不仅取到了"真经"，也娶到了媳妇。我也觉得我挺幸运的，爱情主要是缘分，而我们的爱情归结于猴缘。

在"西天取经"前，我在浙江昆剧团学习。我生性内向，虽然也遇到过互相有些好感的女学员，但当时剧团不让学员谈恋爱，我也根本没有机会和勇气结交心仪的女孩，直到遇见于虹。

取经路上，美女如虹

于虹最早出现在我的视野里是 1982 年，那是在三里河四机部招待所《西游记》剧组住地。在一次小会上，导演介绍说来了一个新的场记叫于虹。我 400 度的近视眼望过去，隐约看到一个身材高挑、健康丰满的女孩，与剧组的那群"女妖怪"没有太大的区别。散会后大家往外走，多少对新场记进行了议论。我说："不是有场记了吗，怎么又要来一个？不会是靠关系来混日子的吧……"有同事赶忙示意，原来于虹就走在后面！吓得我直缩脖子，赶忙闭嘴，但心里还是止不住有点发毛：她会不会听见了？

后来我才知道，因为《西游记》剧组里一个场记忙不过来，所以又增加了一个，于虹原来是一位话剧演员，后来也从事过美声歌唱工作。

场记工作是非常烦琐和繁忙的，于虹几乎整天与导演和主要演员待在一起，偶尔还要客串角色。因为工作的关系，我们除了各自的休息时间，其他时间差不多都待在一起。

缘分这东西真的很奇妙，有些看似八辈子都搭不上干系的人，却实在是缘分天注定。我和于虹刚开始的时候，谁都没想着这个人和自己有多大关系。在我和于虹最初的择偶标准里，彼此都不符合对方的条件。我希望找一个南方女孩，小鸟依人，小家碧玉，温柔体贴。况且，父亲还嘱咐我在拍摄期间"不准恋爱"。而于虹的择偶条件里有个"三不要"：戴眼镜的不要，矮个儿的不要，南方人不要。众位看官，这不是专门冲着我来的歧视政策么！我这三点全部占了。更让我感到愤愤不平的是，我 1.74 米的身材，也被她称为"矮个子"！

有一次剧组过节放假的时候，其他人都回家了，只剩下我一个人待着。

于虹打趣说："你应该在北京找个女朋友。"

我随口应答说："那你就给我介绍一个啊。"

没想到，她还真的当成一件事来办了。几天后，于虹告诉我她去找过战友了，但那些战友明确表示不要演员，因为演员的感情太容易变化，而且当时已经流行明星婚变风波了。于虹一点儿都不客气地对我说："你啊，你这种情况，在北京女孩的眼里属于'二等残废'，是找不着对象的！"

因为我的戏份比较多，在现场经常有不少灵光一闪的即兴武打动作。于虹在现场来不及全部记下来，收工后就找我来补记。看她认真的样子，我总是耐心地配合。渐渐地我们有了一些交流的机会，由谈工作开始了谈人生。我慢慢了解到，于虹是二炮基地文工团演员，出身于军人家庭，父亲于志是军内著名摄影家，我也明白了为什么她做事那么有板有眼，干脆利落。

爱要怎么说出口

渐渐地，我发现，当于虹哪一天现场都记录好了，不再找我补记的时候，我就有一种莫名其妙的失落感。

于是我就动起了心思，不动声色地为两人单独在一起"创造条件"。为了让她来找我补记拍摄内容，我现场拍戏时会加入更多临场发挥的表演，而这些即兴发挥得到了大家的认可——因此于虹也经常来给我补记了！于虹当然不知道，她这额外的工作量，是我费尽心机给她"争取"来的。这不，为了想法儿多出彩，多临时发挥，我挖空心思琢磨剧情演技，累死了不少脑细胞。可是，当于虹做好记录离开的时候，我那种莫名的惆怅又悄然而生。"相恨不如潮有信，相思始觉海非深"这诗写得真绝，喜欢上一个人，就会陷入这种神魂颠倒糊里糊涂的状态。等她来，等得太久（其实也许只差分秒），就患得患失地生气，来了却满腔愁云惨雾霎时烟消云散。我不愿她这么快就走，可是，这话怎么能说出口呢？那是 1984 年，社会多么纯洁，欣欣向荣的国家，到处是满怀理想的青年，

孙悟空取回西天之经，更俘获美貌妻子芳心。
"猴妻"于虹——"天竺国王后"

我们像所有时代的青年一样谈情说爱，却不会将"爱"字轻易说出口。

　　于是我又心生一计，当于虹来找我补记场记的时候，问我10个问题，我总是支支吾吾地回答三四个。这样，于虹就可以一趟一趟地往我的房间里跑了。

　　随着时间的推移，于虹来我房间的时候，虽然还是拿着记场记的笔记本，但不完全是为补记有关场记的内容来了。

　　我在《西游记》中上天入地，而我们的话题也是从天到地，无话不谈，艺术、人生、理想、风俗、习惯……我们甚至希望每天都能在一起。

"八戒"突然"迷"上看电影

有一次现场拍戏，我从钢丝上掉下来摔伤了，被送进积水潭医院。剧组所有的人都跑来看我，可是我一直盼望的于虹却没有来，我很失落。

第二天，于虹来了，给我带来炖鸡汤和各种水果。她说刚听到我骨折的消息觉得浑身发软，有一种刻骨铭心的疼痛，根本没有力量更没有勇气来看我。

我平时比较坚强，但受伤之后情感变得很脆弱，而且父母远在上海，年高体弱，无法前来照顾，未免感到孤单。于虹用女性特有的细心和柔情关心着我，鼓励着我。我心底泛起一些微妙的感情波澜，这种波澜，却又不是和她一起做场记时那种怡然之乐了，而是一种更深的依恋感。

我出院以后，生活依然那么平淡而简单地过着。我演我的孙悟空，她做她的场记。有些东西现场记不下来，她依然来我房间里问，没事的时候我也会到她的房间里坐坐。一切都好像那么正常和平常。

而表现不太正常的是我的同屋"师弟"——扮演猪八戒的马德华。他突然迷上了看电影，经常突然说："我要去看电影了。"然后就一个人出门了。当时我想，这个呆子，看电影也不叫我一声，而且老是这么突如其来地起意。后来我才渐渐地发现，这个"猪八戒"每次说要去看电影的时候，总是于虹来找我的时候。看来，在现实生活中，猪八戒比孙悟空还要精明。他窥破我和于虹隐藏在心里但相互都不敢公开承认的秘密，而且善解人意地主动为我们保密。

接受"考察"的日子

其实，于虹"考察"我很长时间了。于虹曾经告诉我：有一次她去找我补充场记，无意中往屋里看了一眼，我在很认真地数纸币，那纸币都是 1 分、2 分、5 分的，数了一大堆。当时于虹心里就蹦出了这样一个念头："一个大老爷们儿，去费恁大力气，数一分两分的纸币？……我早就说过不找南方人么，不就说中了吗？"后来无意中聊起我们小时候的事，于虹才知道我小时候家庭无比拮据，父亲当时给我交学费都要交 3 次才交清，我也养成了精打细算、厉行节约的习惯，这种习惯一直保持到现在。于虹后来说，听到我说了这些情况后，她心里挺不是滋味的。——可爱的女人，首先都是善良的。

有一次，剧组要去深圳，当时大家都很想去——深圳是当时中国第一个经济特区。于虹特地把自己攒的 1000 元钱和一些外币取出来，准备到深圳大买一通，没想到一不小心把钱弄丢了。碰上这种倒霉的事，于虹难过得要命，当时的 1000 元可不是小数目。别人高高兴兴买东西，自己却只能干瞪眼，那滋味一个男人也受不了。我问："那你怎么办？"于虹答："那我不买东西就行了呗。"我觉得表现自己英雄气概的机会来了，就取出了所有的积蓄——700 元，敲开了于虹的门，说："于虹，我这儿有 700 块钱，我给你 600 块钱吧。"于虹说什么也不要，我把钱扔下就跑了。

到了深圳，大家一起去逛街，我发现于虹在一个橱窗的布娃娃前驻足良久。我马上跑到店内，花了 65 元买了这个布娃娃，说："你是不是特别喜欢这个布娃娃？送给你！"

2002 年，我们一起参加北京电视台的《夫妻剧场》栏目，于虹才告诉我那 600 元的走向——这笔钱她在深圳舍不得用，全部存进了银行，而且一直没有动过。后来我们约定，等女儿上大学的时候，把这个存折送给女儿。

我将永远深情地望着你

朋友不止一次地问过我：《西游记》剧组有那么多"女妖怪"，为什么你就没有和她们擦出点爱情火花什么的？怎么偏偏和于虹凑上了？如果笼统地回答，我只能说，这些都是缘分，我和别的"妖怪"凑不到一起，就是因为没有缘分。具体地说，这些"女妖怪"要么已经成家了，要么拍几天戏就走了，或者还没等我们场下有时间交流，就被我在戏中"一棍子打死"了。戏一拍完，当然就走人了，谁会专门惦记这个不知面目、满身皮毛的"猴子"？

还有许多人问我，当初我跟于虹究竟谁追谁呀？我说是我追她。谁追谁，在外人看来可是一个"面子"问题。我"一个大老爷们儿，去费恁大力气"，和自己心爱的人去争什么面子！何况，我们也的确分不清是谁"追"谁，我心甘情愿地说是我追她，因为，爱她，就要让她享有"皇后的尊严"。到底谁追谁，有什么重要呢？我们都没有想过要"追"对方，因为，我们不是在赛跑，一个在前一个在后，我们是夜色中的两颗星星，彼此对望了多少个世纪，向对方眨着眼睛，传送着情意，终于有一天，天旋地转，我们像磁石的两极一样，碰到一起，吸在了一起。

我最怀念的时光，就是我们彼此对望、默默无语的那种有大美而不言的幸福状态。为什么不表白？不愿，也不敢，就像有一只蜻蜓停伫在雨后池塘的荷尖，那么轻盈的梦境，怎么忍心去惊醒？我一直是个性格内向的人，虽然拍片的时候多少改变了内向的性格，但在感情上还是很腼腆，犹豫不决。

西游之路，我们在一起的日子，可能没有太多花前月下，更多的是谈工作、谈未来，艰难枯燥的西游之路却因为爱情变得浪漫而有趣。

在《西游记》拍摄接近尾声时，于虹送给我一张她自己最喜欢的照片，并且写下了一行隽永的小字：

我将永远深情地望着你。

亿万人瞩目的怪婚礼

我永远不会忘记那样一个特殊的日子——1988 年 6 月 12 日。这一天，于虹在北京布置新房等候着新郎，而此时的我却在新加坡访问演出。为什么要选择这样一个日子结婚？这个日子并不是我们特意选取的，而是因为我们早有约定：我获奖的那一天，就是我们的婚期。

1988 年 6 月 12 日，第六届大众电视金鹰奖举行颁奖仪式，我荣获大众电视金鹰奖最佳男主角奖。但很不凑巧，那天我正在随中央电视台《西游记》艺术团去新加坡演出，既不能够回国领奖，也无法回国举行婚礼。怎么办呢？要么更改婚期，要么马上回国，但后者几乎不可能：《西游记》艺术团如果离开了孙悟空，还能算什么《西游记》艺术团？

最后我和于虹商量决定，新加坡的演出照样参加，婚期则依然不改，唯一更改的是：婚礼不举办任何仪式。

因为我人在新加坡，只好委托哥哥章金跃去沈阳现场领奖。在当晚的颁奖典礼上，大约 8 点，主持人宣布："六小龄童和于虹今晚结婚。"几乎与此同时，在新加坡的演出现场，沙僧的扮演者闫怀礼在台上宣布："今天是个美好的日子，我的好朋友六小龄童先生与中央电视台电视剧制作中心的于虹小姐喜结良缘。"

第二天，国内的许多报纸都报道了这场奇特的婚礼，说："六小龄童的洞房花烛夜恰逢金榜题名时。"新加坡三大报纸的头版头条也都报道了我俩的喜讯，说是"猴王怪婚礼，人人都称奇"。

后来有人说，我的婚期实际上包括了三个"六"，因为"12"又可以拆成两个"六"，所以"六"这个数字和我有缘，是我的吉祥数字。

我结婚的消息公布以后，新加坡许多圈内人士说："至今没有一个名演员这么早、这么大范围把自己结婚的消息告诉别人。"他们认为，演员结婚与否本身就是一个媒体炒作、观众谈论的话题。宣告结婚的消息会让大量的女影迷伤心，转而不再支持，这对于每天都要收到数千封世界各地的求爱信的我来说，无疑是很大的冒险。

但我却认为，演员成功与否，看的是你的艺术，而不是你是否结婚。在随后的海内外演出中，每到一地，我都会收到很多影迷的真诚祝福和结婚礼物，有各种纪念品，有小孩子的衣服和玩具，其中很多都是直接送到后台。

"孙悟空"成"万人迷"

《西游记》播映后，我先后收到来自全世界各地影迷的 4 万多封来信，其中近一半是求爱信。一位越南影迷得知我的眼睛近视后，来信表示愿意把她的眼睛献给我，因为"孙悟空的眼睛比我的眼睛重要"。一位国内影迷写信说："你很英俊，但如果化上孙悟空的装更英俊。"

此时，我明白了，在上万封求爱信中，有一些是向我求爱，更多的是向孙悟空求爱。

对每一封信，我都认真对待。这 4 万多封信我都保留着，每一封信都编上号，一一给他们回信，回过的信做一个标记。这是我很自豪的一点：对于喜爱我的影迷，我没有怠慢过他们中的任何一位，我总是以最快的速度亲自给他们回信，而且所有的信中，没有一封是格式信。我想，哪怕是写得简单点，也一定要亲自写，亲自说几句切题的话。这也是我所认同的一种责任感。

对于求爱的影迷，我就把自己已婚的情况告诉她们，同时表示，可以跟她们成为朋友。大多数影迷都会听从我的劝告。

在应接不暇的求爱信"风潮"中，于虹给予了我充分的信任。有位日本影迷看了《西游记》之后，专门去学中文。她给我写了一封又一封中文求爱信，并且经常来北京找我。

一天上午，她又专程来北京，给我家打电话，接电话的恰好是于虹。于虹把电话递给我："你的电话。"

我接了电话，她说了很多话，意思很清楚，然后提出要跟我见面。

我说："一会儿我和太太一起去看你。"

日本女孩说："你一个人来看我好吗？"

我对于虹说："哎哟，她不让你去。"

于虹说："没关系，你去吧。"

我说："那我也不去了。"

于虹说："人家专程从日本过来看你，你去吧。"

我就去了。快到的时候，我想不要出现任何误会，就给于虹打电话说："我到了她的住处，那门应该开着还是关着？"

于虹笑着说："随便，你即使关上门，还能怎么样呀？不过快到饭点了，你请她吃顿饭吧。"

如果我是风筝，妻子就是放风筝的人

　　我很从容地请她吃了一顿饭。这个日本女孩至今还表示要等我。

　　到现在为止，还有一些女孩写信给我，表示一直在等我。我想在此真诚地对她们说："我非常感谢你们的支持，我现在生活得很幸福，你们也应该有你们自己的爱情，有自己的生活。"

　　对于我和于虹的婚姻，我总结一句话：如果我是一只风筝，她就是放风筝的人，有时候她的手松一些，我就往高处飞，有时候她则会把线收回来。我觉得只有这样，才能把我们两个人的感情牢牢地、永久地联结在一起。

女儿没做"第五代猴王"

女儿小名叫妞妞，现在在加拿大读大学。妞妞是典型的北京女孩儿，性格爽快，不喜欢拐弯抹角。

女儿的出生，让我的人生完整

1990 年的冬天，在一个大雪纷飞的日子，我们的女儿降生了。虽然窗外的天气格外寒冷，但产房里的于虹和我，内心却感到前所未有的温暖。在于虹怀孕期间，从各种迹象看，我们都以为她怀的是个男孩，没想到生出来是个女孩。这也许让很多人失望了，因为很多人都希望我们家能有一个"小猴子"来继承家族的猴戏艺术。但我和于虹却偏向喜欢女孩，心里高兴得不得了。望着刚出生的妞妞红彤彤的小脸和粉嘟嘟的小手，我感觉自己的心都要化了，世界上怎么会有如此可爱的小人儿？看到女儿的那一刻，我觉得自己的人生真正完整了。

女儿出生后，我因为工作原因经常出差，紧接着又赶上接拍黄健中导演的电影《过年》，女儿在妈妈身边的时间远多于我，但她从来没有因此和我生疏。每次回家，我都要先把女儿抱起来在她小脸蛋上亲一口，然后把给她带的礼物拿出来哄她开心。

甜甜蜜蜜，一家三口

学会说的第一句话是"猴猴"

　　女儿小的时候，我经常不厌其烦地给她讲《西游记》中的故事。周围也有很多人开玩笑说"你爸爸是孙悟空"。久而久之，在相当长的时间里，女儿都认为自己的爸爸就是孙悟空，孙悟空就是自己的爸爸，自己自然是女猴子。她刚开始咿呀学语时，学会的第一个发音不是"爸爸""妈妈"，而是"猴猴"。我家里有很多孙悟空和西游文化元素的用具、摆件，她从小就在这样的氛围里长大，有时会天真而又认真地问我："爸爸，你这个孙悟空跟变形金刚相比谁厉害？"

　　当女儿长到四五岁的时候，我就带着她逛潘家园、报国寺等文物市场。开始我总是把女儿托付给一位卖古玩的老大爷照管，后来就带着她

四处逛了。她也知道识别文物古玩，还能帮我砍价。

女儿比我还"抠门儿"

在这个崇尚消费的时代，我更注重培养女儿勤俭节约、自力更生的习惯。女儿小时候，我和于虹工作忙，我们不在家的时候，她就跟姥姥在一起。她会自己做饭、洗衣服；她上学带的水是拿矿泉水瓶子灌的白开水；她还把易拉罐、矿泉水瓶子和看过的报纸攒起来卖钱；我们家靠近天外天批发市场，所以她经常去那里买东西。

我经常带女儿去逛街，女儿从不乱买东西，也不会为了得到自己想要的玩具而无理取闹。爷儿俩逛完了，我怕女儿累，准备打车回家时，她会说："爸爸，别打车了吧，坐某某路公交车儿站就到了。"我小时候很穷，现在不缺钱了，应该尽量满足女儿的物质要求，但也不能让她忘本。令人欣慰的是，我的想法基本达到了。

有一次，女儿对我们说："我想要一部手机。"

我问："学校同意你们使用手机吗？"

女儿说："不允许使用，但允许带。其他同学都有。"

我就说："那该配一个，这样联系毕竟方便。"

于是女儿翻遍了所有的手机广告，想找一款又便宜又漂亮的手机。但是同学当中流行的款式，最便宜的都要 5000 多元，翻了翻价码，她就开始咋舌。最后，她翻出了于虹淘汰下来的旧手机，但还是感到太陈旧了。

我说："旧是旧了点儿，可这个手机与流行的手机功能是一样的。"

女儿突然眼睛一亮说："我可不可以换个外壳？"

我说："那当然可以。"

于是女儿就用巧手和智慧把这款手机改造成另类和前卫的流行款式了，省了一大笔钱。

女儿 3 岁的时候就拍了膨化食品的广告，挣了三四百元钱，她给了姥姥、爷爷各 100 元。通过零零碎碎的小事，我觉得女儿身上既有现代孩子的时尚，又没有丢掉传统美德，作为她的爸爸，我感到非常欣慰。

孙悟空的七十二变不是天生的

在教育女儿的过程中，我自己收获很多。我和女儿经常一起玩，游泳、滑冰、打篮球、玩滑板、打网球等。我告诉她，孙悟空的七十二变也不是天生的，是通过漂洋过海、冒着生命危险学来的，所以你如果想要掌握一项技能，就要刻苦学习。我也会把家族的故事告诉她，会让女儿看我们家族故事的光盘。我从来不会打骂孩子，哪怕是孩子学习不好，我都会告诉孩子：考得不好没关系，但应该诚实地告诉父母，要去找原因。当然，学习成绩好是好事，不是坏事，在国外也是这样。

父子两个"美猴王"一起把小妞妞抱在怀里，
可她并不"买账"，一点不觉得自己有多"荣幸"

平平淡淡没什么不好

　　女儿小时候老把我挂在嘴边上，渐渐长大之后，无论对什么人、在什么场合都不会提我，她希望谁都不知道她是我的女儿。甚至和我一起外出，女儿都会下意识地和我保持一定距离，以免被记者拍到。

　　我曾经问过她原因，女儿告诉我她想选择自己的生活，不希望被外界过多地打扰。今年女儿已经26岁，她不希望自己现在的照片公之于众，以免走到哪里都被认出来。我和于虹一致认为应该尊重女儿的决定，平平淡淡的生活没什么不好。所以我们非常注意保护女儿，从来不让她出现在公众视野，无论是录节目还是出席活动，都不会带她。到现在为止，大家所能看到的我女儿的照片，都是她很小的时候的。

曾经有个策划公司的人找到我，说想为我策划一次头条新闻，方案是让女儿挽着我的胳膊在外面逛街，他们找人远远地偷拍，第二天在媒体上发布"六小龄童身边惊现妙龄女郎"之类的大标题，等引起公众足够关注之后，我再出来澄清那是我的女儿，进行辟谣。

听那人说完，我感觉很可笑，我惊讶于这些人怎么会如此没有底线，为博眼球什么都做得出来。不过话说回来，如果一个人只能靠炒作绯闻来博取关注，其实也挺可悲的。有这个心思，还不如去努力做好自己，取得更高的成就。

其实观众都是明白人，心里都很清楚到底怎么回事，策划人玩把戏，怎么能够逃得过观众的火眼金睛呢？可能一次两次，观众会信以为真，但次数多了，就会被唾弃。而且身为人父，拿自己女儿来这样炒作，良心何安呢？

我和妻子都是搞艺术的，女儿的身上遗传了我们的一些特点。她吹拉弹唱都会，最专业的是长笛。从外表上来说，女儿的嘴巴比较像我，脸形随她妈妈，个子也是高高的，留着披肩长发，落落大方。女儿性格方面像她妈妈多一点，比较活泼。她喜欢同龄女孩子喜欢的一切：流行歌曲、自己的偶像、网络热点、时尚潮流。她也经常和朋友们逛街聚会，参加派对。无论她未来是否选择从事表演艺术，我们都会一如既往地支持她。

女儿出国念书后特别懂事，乘飞机往返都坐普通舱，每次回来都有

很大变化。她越来越成熟，看待问题特别理智，也很懂得孝敬我和于虹。她经常会给我从国外搜集各种各样与《西游记》、猴子相关的藏品，也经常变着法儿地逗我和于虹开心。对我的每一点动态，她都在默默关注，还时不时地向我提些意见，说些她的感受和想法。我有不懂的事情，往往也会问女儿。

女儿现在很少回国，每次看到她拎着行李箱从机场走出来，我的双眼就不由自主地发热。得知我今年要出版这本传记，女儿毫不客气地"霸占"了第一名读者的沙发："爸爸，这本传记写完我要成为第一个读者。"我愉快地答应了她的请求。

西游之路　品人生

一无所有时坚持，该有都有时淡定

2016 年 5 月 20 日晚在尼泊尔蓝毗尼
释迦牟尼佛诞生地

　　我有幸在 23 岁就接演《西游记》这部东方巨著，用电视剧的形式把它具体地、完整地呈现给观众。我以孙悟空的角色亲历 17 年西游路，这既是拍摄西天取经的过程，也是我人生之路不断修行、自我反省的重要过程。《西游记》给我带来的不仅是演艺事业上的成功和荣耀，更带给我很多生活哲理与人生智慧的启迪。它的西游精神，它里面人物的正义勇敢、善良真诚、乐观向上、自信执着，带给我久久的感动——《西游记》是一场历久弥新的灵魂历练。

不甘平庸，才有成功一跃

孙悟空刚刚从石头里蹦出来的时候，不过是一只嬉闹于山水之间的小石猴。我清楚地记得那一集拍摄是在贵州的黄果树大瀑布前。山崖陡峭，绝壁悬空，气势雄伟，景色秀丽，是理想中的神话境界。那时我穿着北京电影制片厂毛发班的师傅们为我特制的一套尼龙毛衣毛裤，身后还拖着一条猴尾巴。

小石猴拖着尾巴兴奋地到处跑，完全与自然融为一体：采山花，觅果树，与狼群为伴、虎豹为群、猕猴为亲，甚至是枕着老虎睡觉！可惜当初的拍摄条件不允许，否则一定会很好看——就是这样一只普普通通的小石猴，是怎样从一群年龄比他长、资历比他深的猴子中脱颖而出，成为花果山的领袖呢？

当时的情况是，猴子们来到水帘洞前，看见一股瀑布从天而降，觉得甚为惊奇，一起商量说："谁敢第一个钻进瀑布，把泉水的源头找出来，又不伤身体，我们就拜他为王。"

话音刚落，这只小石猴嗖地跳了出来，高声喊道："我进去，我进去！"只见他闭上眼睛，纵身一跃，跳进了瀑布……

果然，瀑布里面的水帘洞，安静整洁，应有尽有。真乃"花果山福地，水帘洞洞天"。小石猴高兴得不得了，转身向外，跳出水帘洞，并带猴子们一起穿过瀑布，进入水帘洞。猴子们都遵照诺言，拜石猴为王，从此石猴登上王位，号称"美猴王"。

石猴的一跃是决定性的一跃，正是这一跃，将孙悟空与其他的猴子彻底区别开来。

只有不甘于做一只普通的猴子，才会有那成功的一跃。孙悟空的这一跃，看似简单平常，然而需要的是勇气；如果没有勇气，机遇就不会垂青孙悟空了。他勇敢地尝试，使自己从众猴子中脱颖而出。

在后来的道路上，孙悟空也是凭借超凡的勇气大闹天宫，挑战权威，成为护送唐僧取经的勇士；又凭借超凡的勇气战胜九九八十一难，最终取得真经，成为斗战胜佛。

机会总是垂青那些有勇气的人。当机会来临的时候，我们需要在关键时刻敢于尝试那一跃。

如果你是千里马，就不要消极等待伯乐

孙悟空毛遂自荐，第一个跃入水帘洞，除了不甘平庸的勇气以外，还告诉我们：如果你是一匹千里马，就不要消极等待伯乐。

俗语说："酒香不怕巷子深""是金子总会发光的"。然而真的如此吗？作为警世之言遗留下来的中国"俗语"，在感化人们心灵的层面上固然很温馨，很慈祥。它没有强求，但求自然；它没有过多的欲望，散发着清淡无为的智慧。

然而，这种思维方式却令我们在对美好未来寄予无限憧憬的同时，开始妥协，开始自我宽慰，开始像一个饱览世事的"智者"那样处之"坦然"。其实有时候，这是一种斗志的弱化，战斗力的锐减。不知道这是不是一种自欺欺人。

在现代社会，人才资源并非稀缺的环境下，一个人要想出人头地、成就一番事业，也许对他来说只有不断地推销自己，找准一个适当的平台，才能真正实现自己的梦想。

所以，如果你真的有陈年好酒，可是酒馆开在深巷，你不妨大声吆喝一下来招揽顾客；如果你真的是一块金子，可是暂时被什么东西掩住了光彩，你一定要设法让自己发出光来；如果你真的是一匹千里马，就不要消极等待伯乐的赏识。

"莫等闲，白了少年头，空悲切！"人生苦短，我们真的等不起！

即便是孙悟空，也要漂洋过海苦学艺

孙悟空的本领高强，这给每个人都留下了极其深刻的印象，七十二般变化、十万八千里的筋斗云……让我们惊叹不已。每当我们遭遇挫折的时候，经常会想：我要是有孙悟空的本领就好了。

可是，在我们赞叹孙悟空的本领高强之时，有没有想过，他的本领并不是天生的，而是冒着生命危险漂洋过海一点一滴学来的？

齐天大圣孙悟空，当初只是个名不见经传的"石猴"。他在花果山水帘洞凭借"成功的一跃"征服了众猴，成为花果山的美猴王之后，仍然不满足于现有的成就，他想学得长生不老的本领，冲破凡人的寿限。因此，他果断做出一个决定——就算走遍天涯海角，也要寻访到一位能够传授长生不老法门的师父。

于是，他撑着木筏，带上果品，漂洋过海，历经千辛万苦，终于来到三星洞菩提祖师的座前。当菩提祖师得知他从东胜神洲而来，一开始并不相信，大喝："赶出去！东胜神洲到我这里，中间隔着两重大海，一座南赡部洲，你是怎么到这儿的？明显是在撒谎！"

美猴王连忙解释："弟子没有撒谎。我漂洋过海，登界游方，历经十多个年头，才寻访到这里。"

就这样，美猴王用诚意打动了菩提祖师。他纯朴厚道，又凭借良好的悟性，从菩提祖师那里学到了腾云驾雾之功和七十二般变化

之术。上天入地，无所不能，为他后来降妖除怪、修成正果创造了
条件。

　　所以，当我们苦苦寻求成功捷径的时候，不妨想想撑着木筏漂洋过
海拜师学艺的美猴王。

本领过硬，才敢挑战玉帝

在孙悟空的意识里，从来都没有等级观念。他见到玉帝不跪拜，对于天宫中星相群神森严的等级也一概不承认，不论别人地位高低，他一律以兄弟相待，一律当作朋友，所以天宫中的众位神仙都很喜欢他，孙悟空在护送唐僧西天取经的路上，也没少请他们帮忙。

孙悟空凭什么在等级森严的天宫中不畏强权也照样能吃得开？因为孙悟空自认为是个强者，他相信"强者为尊"，因此敢于向玉帝喊出"皇帝轮流坐，明年到我家"的口号。

其实，孙悟空"强者为尊"的观念，在花果山猴子们推选猴王时就已经表现出来了，众猴相约："哪一个有本事，钻进去寻个源流出来，不伤身者，拜为大王。"孙悟空自告奋勇，完成了这个任务，于是就被尊为美猴王。这个情节多么像我们今天所说的"竞争上岗"！

此外，在孙悟空的观念里，还有一种"贤者为尊"的思想。孙悟空最不能忍受别人对他不尊重、对他的才能不肯定。他凭借自己过人的本领和才能，理所当然地向玉帝要求给他相应的位置。他两次造反，第一次是因为玉帝只让他当"弼马温"，当他明白这只不过是一个马夫之后，十分不满，认为玉帝昏庸、"轻贤"。第二次是当玉帝终于封他做"齐天大圣"后，他满意地答应了，但当王母娘娘的蟠桃大会没有邀请他时，他又感到遭受了侮辱，于是又起来造反。

　　即使到了灵山，取得真经，佛祖封孙悟空为"斗战胜佛"时，孙悟空也只是简单地说一句："多谢了！"根本没把这个名号放在心上，不会像唐僧被封时那样行跪拜大礼，激动得不得了。因为孙悟空在乎的不是"斗战胜佛"的名号，而是我齐天大圣圆满地完成了取经任务，你认同我的成就就行了。

　　孙悟空漂洋过海苦学本领，才能够拥有向皇帝老儿叫板的底气，今天的我们不妨想想看，我们在不满于现状的时候，是不是也拥有"竞争上岗"的实力呢？

志存高远，笃定前行

我们常说犯错误本身并不可怕，可怕的是犯了错误之后不觉醒，还觉得自己根本就没有错，这样就无药可救了。

孙悟空被如来佛祖压在五行山下，经历了五百年风霜雨雪的磨砺。在这五百年的"有期徒刑"中，孙悟空发生了怎样的变化呢？我想，孙悟空在第一个一百年中会觉得不服，嘴里总喊着"如来，你把俺老孙给骗了"；第二个一百年中，他一直在问自己：我怎么会在这儿；第三个一百年，他开始思索自己为什么会失败；第四个一百年，他终于明白了天外有天；到了第五个一百年，他终于有所省悟，之后他开始逐渐成熟，直到观世音菩萨给他提出一个建议——保护唐僧西天取经，立功赎罪，他欣然接受了。

孙悟空被压在五行山下整整五百年，但是这个苦他并没有白吃，五百年后，他终于省悟了，并且找到了可以为之奋斗的远大目标。

我在给大学生朋友做讲演的时候，常常会提到我很喜欢的12个字："总结过去，分析现在，设计未来。"很多人会将我说的"设计未来"说成"展望未来"，我觉得仅有展望是不够的，我们真的应该静下心来思考一下自己的人生目标是什么，一生要追求的是什么，并按照我们自己的目标坚定不移地前进。

我曾经给我的女儿读过一篇文章，她和我都觉得很有收获。这篇文章是哈佛大学做的有关人生目标的调查。

哈佛大学有一个著名的比喻人生的 "玉米地游戏"：人生如同玉米地，我们都在力求安全地、最快地穿越玉米地，到达神秘的终点，同时，手中的玉米又最多。这里包含了三个生存要素：速度、效益和安全。

那一年，一群意气风发的天之骄子从美国哈佛大学毕业了，他们即将开始穿越各自的人生玉米地。他们的智力、学历、环境条件都相差无几。在临出校门时，哈佛对他们进行了一次关于人生目标的调查。结果是这样的：

27% 的人，没有目标；

60% 的人，目标模糊；

10% 的人，有清晰但比较短期的目标；

3% 的人，有清晰而长远的目标。

25 年后，哈佛再次对这群学生进行了跟踪调查。结果是这样的：

3% 的人，25 年间他们朝着一个方向不懈努力，几乎都成为社会各界的成功人士，其中不乏行业领袖、社会精英。

10% 的人，他们的短期目标不断地实现，成为各个领域中的专业人士，大都生活在社会的中上层。

60% 的人，他们安稳地生活与工作，但都没有什么特别的成绩，几乎都生活在社会的中下层。

剩下的 27% 的人，他们的生活没有目标，过得很不如意，并且常常在抱怨他人、抱怨社会、抱怨这个 "不肯给他们机会" 的世界。

其实，他们之间的差别仅仅在于：25 年前，他们中的一些人知道为什么要穿越玉米地，而另一些人则不清楚或不很清楚。

　　志存高远，拥有远大抱负，这是孙悟空与他的结拜兄弟牛魔王之间的最大区别。其实论法力和武功，牛魔王都与孙悟空不相上下，孙悟空和他打斗时也费了很大力气。但牛魔王虽然武功高强，却毫无远大志向，整天沉迷于酒色之中，陷在欲望的泥沼中不能自拔。他本来已经娶了一个绝色美人铁扇公主，却还到外面包"二奶"，整日和玉面狐狸精混在一起，还经常和一伙狐朋狗友在酒桌上狂饮，不醉不归。结果玩物丧志，落得个妻离子散、自己被打回原形的下场。

　　胸怀大志，目标明确，这是孙悟空的一个很宝贵的品质。五百年的修行，让孙悟空省悟一定要成就一番大事业。保护唐僧西天取经，其实比不上在天宫里的任何一份差事，但孙悟空热爱这份工作，全身心地投入其中。漫漫征途，孙悟空和唐僧一起迎来日出，送走晚霞，一路上降妖除魔，扶弱济贫，最终护送柔弱的唐僧到达灵山，立下赫赫功劳，成就了辉煌的事业。所以，他最终被封为"斗战胜佛"，也是实至名归，功德圆满。

没有紧箍咒，取不了西天经

一提到孙悟空，人们就会想到他的金箍棒和他头上的紧箍儿。

观音菩萨传授唐僧紧箍咒，用来降伏孙悟空。紧箍咒具有两重性：从个体的角度来看，紧箍咒时时束缚着孙悟空的欲望，象征着社会强权意志，时刻压制着个性自由，这是负面的；但从社会层面来看，紧箍咒又不失为一种有效的手段，因为它限制了个性的无限膨胀，从而保障了他人个性生存和自由发展的权利，这是正面的。孙悟空桀骜不驯的个性和自由精神固然是美好的，但如果全社会的人都像孙悟空那样无限发展自己的个性，到处"大闹天宫"，那样不仅会造成整个社会及文明的颠覆，而且也会导致弱肉强食的野蛮局面出现。

《西游记》记录了孙悟空从懵懂顽劣的童年向心智成熟的成年成长的过程。在取经过程中，孙悟空在与紧箍咒的痛苦挣扎中逐渐摆脱了童年的无知，走向了成熟。虽然在取经路上，这个本来作为规范秩序工具的紧箍咒，有时也会被糊涂的领导者唐僧滥用，但我们仍须承认，如果没有紧箍咒的适度限制，孙悟空就到不了西天，成不了正果，也得不到真正的个性自由。

其实，我们人人头上都有个紧箍儿，只不过孙悟空头上的紧箍儿是

有形的，而我们头上的紧箍儿是无形的。紧箍儿象征着一些规定和约束，告诉身处社会的我们哪些可以做，哪些不可以做。当我们在规则内活动时，头上的紧箍儿就仿佛不存在，但我们若触犯了规则，头上的紧箍儿就开始"发作"，警告我们必须调整和规范自己的行为。

人的成长就是在紧箍儿的制约下，一次一次地从规则的惩罚中纠正自己的错误，而当我们真正达到"从心所欲不逾矩"时，头上的紧箍儿就会不翼而飞，自然消灭了。

好团队能让平凡人做不凡事

《西游记》中，观音菩萨组建了一支取经团队，如果用现代的眼光来看，你会发现这是一支由四个性格各异的人为了一个宏伟的目标而组成的团队。唐僧在团队中是德者居上，孙悟空是能者居前，八戒和沙僧是劳者居下。

唐僧是德者居上，他不能擒妖除魔，又不会料理行程事务，但他是个目标始终如一、坚定不移、自律精神很强、很有操守的人，这种人最适合当团队的领袖。唐僧表面上看起来很懦弱，可实际上意志最坚定的就是他，不管遇到怎样的挫折，比如在孙悟空愤然离去、猪八戒嚷嚷着要回高老庄、沙僧也沉默颓然的时候，他西行取经的决心仍然丝毫未减。只有他明白去西天取回真经的目的是普渡众生，而另外三个人的目的则很单纯——保护师父取经，至于为什么要去取经，取回经来干什么，他们一无所知。就像团队分配给员工的任务一样，员工通常就是尽力完成它，而很少想他们为什么要这样做，这就是他们不能成为团队领导的主要原因之一。

孙悟空是能者居前，他在这个团队里扮演了一个解决问题的专家，基本上无所不能，办事也是雷厉风行，似乎这个团队有他就足够了。但

德者居上、能者居前、劳者居下的取经团队让人一眼
看上去就那么和谐、舒服——师父唐僧永远一脸坚定；
孙悟空一马当先，机智勇敢；猪八戒一副搞怪的嘴脸；
沙和尚一担在肩，忠厚笃实

是不要忘记，孙悟空有一个致命的缺点，那就是容易冲动。这种性格的
人和唐僧刚好相反，一个好动一个喜静，一个快一个慢，冲突在所难免。
孙悟空本事大，法力无边，是非分明，疾恶如仇，一心想辅助师父取回
真经，但他同时具有破坏性，所以只好给他戴上紧箍儿，否则，连唐僧
也拿他没办法。在取经的团队中，绝不能少了孙悟空，上阵杀敌全凭他
呢，可要领导好孙悟空也不容易，需要宽容，还要懂得扬长避短。

　　猪八戒好吃懒做，但数他鬼点子多，他也是最活跃开朗的，给漫长
的取经路途增添了很多活跃的气氛，激发了团队的干劲儿。此外，猪八
戒有时也能起到监督者的作用。乌鸡国国王的尸体被八戒背上之后，他

意识到是悟空设下的"骗局"，于是就让悟空一定要医活那国王，撺掇唐僧念紧箍咒惩罚悟空。悟空只能硬着头皮上天宫找太上老君讨还魂丹，乌鸡国国王才得以复生。

最后就是那敦厚老实的沙和尚了，沉默寡言，随和低调，低调得让人差点就忘记了他的存在，但是也就数他最任劳任怨，这个团队里所有的琐碎而乏味的工作基本上都落在了他的肩头。而且，沙和尚"以和为贵"的理念也维护着这支团队的团结性，当其他三人发生冲突时，总是他从中斡旋。

可见，要成功只能靠团队、靠集体来弥补个人的不足。每个人都不是完美的，要做完美的事就得靠集体。人无完人，而一个团队却可以完美。团队的力量就是让平凡的人做出不平凡的成绩。

优秀是一种习惯

我们现在形容一个人没有生活目标、得过且过的时候，常常用"做一天和尚撞一天钟"这个俗语来形容。实际上，"做一天和尚撞一天钟"的本意是说人在岗位上就应该做好本职的工作，哪怕你明知道明天就要还俗了，但是今天你还是和尚，作为和尚就要去撞钟。

孙悟空就是"做一天和尚撞一天钟"的典型代表。他在接受了保护唐僧西天取经的任务后，便承担起自己的责任，全身心投入到自己的"工作"中，任何艰难困苦、妖魔鬼怪，他都毫不惧怕，想方设法战胜了重重困难，最终出色地完成了任务。

"优秀是一种习惯"，这是古希腊哲学家亚里士多德说过的一句话。那些把自己的工作——哪怕是一份卑微的工作都做到极致的人，最后都取得了成功。真正的成功者、杰出的企业家，甚至一代伟人，大多如此。根本原因就在于他们把优秀作为一种习惯，认认真真、踏踏实实地去做事，"做一天和尚"就会尽职尽责地"撞一天钟"。所以，我们每个人都应该把优秀变成一种习惯，使我们对优秀行为习以为常，变成我们的第二天性，让我们习惯性地去创造性思考，习惯性地去认真做事情。

其实无论我们做什么工作，都是在努力积累工作经验，掌握知识和技能，从而提高自身的价值，最大的受益者是我们自己。通过工作，还

我在学校讲演，会把自己悟出的这些道理讲给
学生们听。图为我在内蒙古大学讲演

能锻炼我们的耐心和吃苦耐劳的精神，为我们奠定坚实的基础，最终帮
助我们取得人生事业的成功。

我们每个人都是孙行者

《西游记》对孙悟空的描写其实是反映了悟空从童年到成年的心路历程。我们都喜欢孙悟空，原因大概是：一、悟空具有超强的本领，敢于向以玉帝为代表的专权挑战；二、悟空的各种行为都非常顽皮可爱。皈依佛门后，悟空虽然在心智和处事上逐渐走向成熟，但其身上的那份童心仍然保留了下来。取经路上的孙悟空依旧惹人喜爱，除了他降妖除魔、为民除害等正义精神外，还有他那份充满乐趣的童心。

被压在五行山后，悟空开始从童年向成年过渡。他从"齐天大圣"到被压五行山，这个天壤之别的生活环境不能不让孙悟空冷静反思。五百年后，深刻醒悟，从五行山下被唐僧救出来的悟空，性格发生了巨大改变。

他知道了事业的重要性，知道了生活的目的，否则他不会对取经事业那么执着。当然悟空也经历了一段过渡期，菩萨的循循善诱、戴在他头上的紧箍儿对悟空的心智成熟起到了关键作用。后期的悟空，他的人生是和社会责任感联系在一起的。

在观音菩萨的指引下，以及西天取经途中的种种磨砺下，悟空逐渐成熟起来，他学会了宽容忍让，学会了依靠集体和他人，最后修成正果，被封为斗战胜佛。

　　其实，孙悟空的成长历程，不也是我们每个人的生命历程吗？西天取经路上所经历的八十一难，象征着从童年到成年过渡过程中必须经历的磨炼，人就是在困难中一步步走向成熟的。

　　大多数人在完全成熟后，走进成人世界的同时，孩提时代的童心会慢慢丢失。而悟空的成长经历却是一个例外，他无论什么时候都保持着一颗童心。悟空虽然心智成熟但又童心未泯，他降妖捉怪的英雄形象让我们尊敬，而他顽皮的本性和充满童心的性格又让我们倍感亲切。

　　愿我们都能有悟空这份责任意识和英雄气概，同时又有一颗永不磨灭的童心。

不过分追求完美

吴承恩先生的《西游记》成书 400 多年了，中央电视台总共历时 17 年，用电视剧的形式完整地将《西游记》呈现给观众。我在其中，真的非常幸运，我很感谢时代、感谢生活。

电视剧有很多不完美的地方，当时有点纠结，现在慢慢地也释然了。想来人生和事业，也不要过分追求完美。《西游记》中，一个情节给了我很大启发。

《西游记》结尾，师徒四人取得真经，正高高兴兴往回走，可是突然掉进水里，一部分经书也掉到水里了。师徒四人手忙脚乱地把湿漉漉的经书晒到经石上。快干时，猪八戒一揭，很多字粘在了石头上，破损的经书无法挽回了！

猪八戒吃了一惊："师父，俺老猪又犯错了。"

沙和尚皱着眉头："唉！"手一甩。

唐僧很痛心，正要批评八戒。

但是孙悟空不这么看问题，孙悟空看看天，看看地，走到师父跟前说：

"师父，天地本不全，经卷哪有齐全之理呀。"

艰苦如唐僧师徒四人，历尽艰险取得真经，而真经依然不完整，留下缺憾，我们这些凡夫俗子，还有什么不能释然的？我们每个人都有人生的一部经，我们都是西天取经的行者，看淡人生中的不如意、不完美，也是一种智慧。天地本不全，要努力，但不要过分强求。

一生做成一件事

无论是《西游记》这本巨著的成书过程，还是高僧玄奘的真实经历，都告诉我们一个最重要的人生道理：一个人一生能做成、做精一件事，就很了不起。

高僧玄奘一生都用来做一件事情——取经，译经，传经。他的传奇经历如果用两个字来概括，就是：坚持。玄奘有一句名言，是他去西天取经的时候留下的："宁向西去一步死，决不东归半步生。"试想我们做一件事情的时候，如果能够有这样坚定的决心，又有什么事情做不到呢？

《西游记》的作者吴承恩78岁才写定了《西游记》，82岁就去世了。他一辈子穷困潦倒，没有考中状元，到中年才补为"岁贡生"，但是他的名字却因为《西游记》这样一部伟大的作品而流芳百世。吴承恩的经历同样告诉我们两个字——坚持，认准目标决不回头。

我自己除了演戏，其实也有很多爱好，比如体育。我12岁的时候就长得差不多和现在一样高了，后来就一直没再长个儿。因为那个时候我个子高，就和同学去打篮球，有一次不慎被同学用胳膊肘撞到了眼睛，我顿时觉得两眼酸痛。事后父亲找我谈话，说你以后如果想从事艺术道路，就不能让自己轻易受伤。然后父亲让我自己选，我立刻决定不再打篮球了，因为我早就认准了一个目标：一定要演成美猴王。

　　我做了几十年的演员，也扮演过不少角色，但这些角色全部加在一起，也抵不过一个孙悟空。在《西游记》的拍摄过程中，唐僧前后换了三个演员，猪八戒和沙僧各换了两个演员，只有孙悟空始终由我一个人扮演。有人说，没想到孙悟空才是取经队伍中最坚定执着的人。我把我的一生都交给孙悟空这个角色，我为我塑造的这个角色能被广大观众认可而感到无比感激、自豪和骄傲，就算我一辈子其他任何事情都不做，我依然不觉得后悔。

　　因为我始终认为，一生做成、做精一件事，就很了不起。

人皆我师　祸兮福

人生短暂，精力有限，做一件事，
就要做强、做大、做精

2014 年 1 月 10 日录制《开讲啦》

　　有篇文章这么写我："你是踩在前人和亲人的尸骨上才有现在的鲜花和辉煌。"这话虽然难听一点，但也不无道理。为了演好美猴王孙悟空，我们家族前仆后继。

　　如果从我的曾祖父算起，"猴王世家"已经延续了四代。这四代人历经百年，将孙悟空的金箍棒一代一代接过来，在舞台上，在荧屏上，舞出了一个又一个精彩的故事。我们这个家族，不论在艰难困苦还是在风平浪静之时，都延续着一个梦想：演成一个完美的"美猴王"，演成一个雅俗共赏、前所未有的神奇精灵。这个精灵是中华五千年文明的精华养育而成，是中华无数代文学家、艺术家呕心沥血塑造而成，是天地造化的产物，也是人间真情的化身。

　　人皆我师——在孙悟空的形象塑造上，早已不是我一个人的努力，而是承载了我的家族前后四代的演艺传承，承载了中国老一辈各界猴戏精英的演艺传承。我继承的是演技，更是他们的正直、善良、毅力、胸怀。他们是我一辈子的老师。

祖父：不屈不挠，临风傲立

我的家族是一个以演猴戏著称的"猴王世家"。从曾祖父开始，我家演猴戏开始有了一些名气，那时曾祖父有"活猴章"的美名，而真正把绍戏的猴戏发扬光大的，是我的祖父。

我的祖父名叫章益生，是浙江绍兴上虞道墟镇一个村民，平时除了在田里辛勤耕耘外，还经营着一家小灯笼铺。在农闲、逢年过节时，他就会参与演戏。绍兴每年的社戏祖父都是要参加的。

社戏的场面非常热闹。临河搭起一座草台，看戏的人有的站在岸上，有的站在船头上。大户人家则用雕花五明瓦大船，撑在台前的河中，一边看戏，一边吃着水果茶食，优哉游哉地享受着眼福和口福。而戏文场上的热闹就更不必说了，各色各样的点心，馄饨摊，卖油炸豆腐干的，卖甘蔗的，卖瓜子的，更是多得不得了。小摊的主人还要拉长嗓门，高声兜售，几乎把戏台上的唱腔都给盖倒了。

在热热闹闹的戏台上，祖父演得最多的就是猴，在猴戏的表演技巧上也做了更多的研究和借鉴，并开始形成自己独特的风格，以至于到后来得了个"赛活猴"的名号，在绍兴一带算得上是名角了。

祖父正享受着戏台带给他的快乐的时候，却在一次演出时不慎扭伤了脚，从此再也无法登台了。但祖父的头脑非常灵活，他从自娱自乐为主的社戏中看到了商机，把大城市的服装、道具等贩到当地小城镇，做

起了戏业生意。没想到，这种毫不起眼的小生意，竟然成了祖父日后将绍戏艺术发扬光大的起点。

祖父靠做戏业生意积累了一定资金后，来到上海开设了一家老闸大戏院。老闸大戏院位于上海福建中路和北京路口，原先是五丰钱庄的一座仓库。仓库的老板孙梅庆也是绍兴人，酷爱绍兴大班，所以祖父章益生很容易地把它接手过来，改造成戏院。剧场设在二楼，有491个座位，是当时最大的戏院之一，人气非常旺，常常座无虚席，到了周末更是走廊里都加满了座位。

祖父把所带去的绍戏班社扩展成了同春舞台，自此，绍戏便从一个地方民间戏走上全国大舞台——当时的上海滩是远东第一大城市，在这

祖父在大上海艰难地站稳脚跟，才令章氏猴戏从绍兴的石板路走向世界

里站住脚成了名，就等于在全国都挂上了招牌。后来到了 1950 年，绍戏被正式定名为"绍剧"，这是后话了。祖父开办老闸大戏院，把声势和规模做得这样大，很不容易，因为他从绍兴乡下来到鱼龙混杂的上海，在没有任何后台帮助的情况下，纯粹靠着自己的苦心经营把戏院办起来。

祖父在上海立足之后，却没有忘本。他把家乡的泥路铺成了石板路。对于找上门来的绍兴老乡，祖父一定会尽自己所能给予帮助，合适的就留下来工作，如果不合适，就给一笔路费或者生活费。有家人刚去世的人找上门来求助，祖父则会给一笔棺材钱。

祖父闯荡上海滩的年代，正是戏曲史上的黄金时代。上海滩名角辈出，可以和北京的大腕叫板；而北京的腕儿角儿，也时常来上海这个码头"巡演"。隔几个月不来上海滩，就不知道上海滩一夜之间又搭起了多少个戏台戏院，崛起了多少优伶名角。各种各样的戏台班子如雨后春笋般钻了出来，又如风中芦苇一般，一茬一茬倒了下去。有的这次倒了，瞬间又跃了起来，有的则偃旗息鼓，风流云散了。

祖父搭起的这个戏班子，也面临着这样多蹇的命运。不过，风中芦苇最让人钦佩的精神，就是它不屈不挠的韧劲：如果它倒下后再也起不来，那就是它的生命走到了尽头；否则，它一定会再度奋起，招展挺立于风中，临风傲立，摇曳生姿。

后来，当我拍摄《西游记》的时候，我脑海中总是不时闪过祖父和父辈们走过的那些动荡不安的岁月。路途漫漫，前路遥遥，要翻过多少座山，要涉过多少条河，才能走到那个完美的终点？对我们这个家族来说，似乎没有终点可以到达。行走，行走，不管是踉跄前行，还是疾风劲走，总是在路途中。

父亲：虚怀若谷，海纳百川

看戏百遍，演戏如有神

1924年，父亲出生在绍兴学士街93号，祖父给他取名章宗义，小名鹤皋。

祖父章益生孤身闯荡上海，开设了老闸大戏院等戏院，其间所历艰辛，一言难尽。小时候，父亲和祖父在一起的时间很少，因为作为老闸大戏院和同春舞台的老板，祖父大量的时间在上海奔忙，而祖母则带着父亲和伯父居住在绍兴城里。

在父亲的记忆里，他第一次有意识的表演是在他上学的时候，他和伯父两人一个跛脚一个瘸腿装扮成残疾人，过路人居然信以为真，替他们感到惋惜，还发出叹息的声音。自此，父亲也就拉开了"街头表演"的序幕。

父亲从小就对演戏十分痴迷，有一种天生的喜爱。他喜欢看社戏，最初是骑在大人的脖子上看，后来便自己乘船去了。他对社戏是如此痴迷，有时候其他同学去上学，他就偷偷地逃学，独自一人乘船到很远的乡村去看社戏。看了无数的戏，他脑袋里装的"戏"也多了。父亲夜里经常会梦见社戏中各种各样的场景，白天还会经常做"白日梦"。当时，父亲非常希望能够登上舞台进行表演。

就在此时，伯父七龄童开始在上海老闸大戏院登台表演并且逐渐走红，他成功地主演了老生角色，被誉为"神童老生"。

父亲听到伯父在舞台上风光无限，就和祖母吵着闹着要去上海演戏，与伯父一比高低。祖母并不想让父亲学戏，但最终拗不过他，于是就带着父亲去了上海。这样，我们全家都从绍兴迁往上海，住在老闸大戏院的三楼。

父亲到了上海之后，成了老闸大戏院一名特殊观众，他总是第一个到场，最后一个离场。看戏时总要站到台沿，人与舞台一般高，就在那里仔细地看。但是看归看，祖父祖母当时并不希望两个孩子都学戏，因为在当时，演员地位低下，是"戏子"。但凡还有别的生路的家庭，是不会让子弟去学戏的。现在祖父当了老板，家庭经济富裕，当然不希望子弟还在"贱民"职业中打转。正因为如此，父亲几乎没有上台的机会。

但伯父和父亲要好，非常希望舞台上有个伴，他就不断去游说祖父母，最终祖父同意父亲在《霸王出世》中出演"小霸王"。父亲不知道看了多少遍《霸王出世》，对于"小霸王"的举手投足早已熟稔于胸，可当他真正登台时，却有点不知所措。回忆起第一次演出，父亲说："他们给我开了脸，化好了装，我便壮壮胆子上了场。到了台上我听到其他演员说'装得蛮横一点，越蛮横越好'，于是就憋着脸，扭着脖子，拉开架势来了一通。演完后，我不晓得是成功还是失败，只见父亲笑着把我抱了起来。"

不用说，父亲成功了。这一出《霸王出世》之后，父亲又接连登台演出了好几天，很快，父亲就成了绍兴大班的小童星。

既然以后可以登台表演了，就得有个叫得响的名号。当时伯父由于是七岁登台献艺，所以就有了"七龄童"的称号；现在来了一位六岁的

弟弟登台献艺，一位工人便当场给父亲取了"六龄童"的艺名，印上了
演出的说明书。没想到自此以后，我们家便跟"六"结下了不解之缘。

一生没拜师，人皆我师

虽然我伯父和父亲他们创下这么大的名声，演艺事业已经开山立派
了，可是他们根本没有正式拜过谁为师父，他们是通过在台下看各家的
戏，"偷偷地"将各家绝活学到了手。可以说，上海滩上大大小小的角
儿，都有可能是他们的"师父"。

最开始，父亲偷偷地找到戏班里的著名武生吴月楼，想拜师学艺。
吴月楼起初不答应，后来被缠得没办法，就让父亲做下腰试试看。父亲
忍着疼痛做完下腰后，以为吴老师肯定会收留他了，没想到吴老师说父
亲的腰是不适合练功、不适合演戏的。父亲一听，当场便哭了出来。

父亲并没有因为这次挫折放弃学戏，他和伯父还是决定"偷艺"。
于是，当剧团的三位武生在教学徒练功的时候，他们就在旁边看。他们
看完了，就自己没日没夜地练。最后他们比那三位正式徒弟进步得还要
快。吴老师在感慨之余道出了不愿意教他们的真实原因：因为他们是班
主的孩子，未得班主点头，不敢轻举妄动，于是说出谎言拒绝了我父亲
的请求。

祖母非常心疼父亲，她看父亲练功非常苦，就在晚上睡觉的时候把
他的练功带拿走，藏了起来。而父亲却要强得很："您不让我练，我偏
要练。"伯父也非常支持父亲练功，他把自己的练功带拿出来，两人轮
流使用。

拍电视剧《猴娃》时父亲给我说戏。
父亲永远是我艺术道路上的楷模

　　虽然祖父不让父亲学戏，但并不太反对伯父学戏。所以伯父就专门请了山东的武术师父来教武术，偷偷地让父亲一起来学。后来父亲还和小票友们经常聚集在一起学戏，在与小票友的切磋过程中，父亲也渐渐学会了宝剑出鞘入鞘、飞叉等传统戏曲绝活。

　　因为祖父母不愿意让父亲学戏，几乎不给他登台的机会，所以在接下来的六七年时间里，父亲先后只有三次登台客串的经历。不过，对于父亲来说，三次机会已经足够。在这段时间里，父亲先后在《苦命女》《桃花恨》《狸猫换太子》等戏里演配角。他在台上恰到好处地即兴发挥，还使出了平时偷练来的看家绝活，让人耳目一新。他的出色表演征服了观众，征服了行家，也征服了祖父母，从此得以真正步入舞台，"文武唱做二面"的牌子立了起来。"六龄童"的名字也终于挂到了老闸大戏院的门口。

因祸得福，开创绍剧猴戏

好景不长，在一次演《狮子楼》的过程中，父亲不小心造成粉碎性骨折，这使他很长时间不能演戏，内心备受煎熬。伤刚好，父亲又遭遇了"倒嗓"（戏剧演员在青春期变声变坏了），没法再唱了。

一道难题摆在了父亲的面前：继续演戏还是从此退出？那段时间父亲食不知味，寝不能寐。最终他暗暗地告诉自己：无论如何，我一定要演下去。文不行就武，唱不行就打！

父亲经常看京戏《西游记》，而盖叫天之子张翼鹏的孙悟空造型让父亲最为倾倒。在大饱眼福之余，父亲萌生了要学猴戏演孙悟空的念头。

当时猴戏悟空戏作为京剧剧目的一部分，早已经为广大观众所熟悉，同时形成了风格迥然不同的北派和南派。北派代表人物是杨小楼，另外有郝振基、李万春、李少春等人；南派的代表人物是郑法祥和盖叫天、张翼鹏父子。除了京剧，父亲还观摩了昆剧、婺剧、沪剧等多个剧种的猴戏。他将各个流派的猴戏艺术融会贯通，博采众长，创造出了具有绍兴乡土风味儿的绍剧猴戏风格。

在化装造型方面，父亲对于脸谱、头套、服装等都做了认真的钻研，在前人的基础上加以改进，使之更加写实化、生活化。

没过多久，同春舞台的师父们得知了父亲想开猴戏的愿望，纷纷鼓励他，并建议他先学好武戏，作为基本功。于是父亲又向吴月楼请教。

经过长期的努力，父亲逐渐学会了《夜奔》《花蝴蝶》《伐子都》《挑滑车》《战马超》《周瑜归天》等著名的传统武戏，为他今后的猴戏打下了基础。

我的父辈靠演《西游记》成名，但在演《西游记》之前，他们和"济公"耗了三年，可以说，是"济公"挽救了同春舞台。也正是通过演《济公》，他们的演技日益成熟，编剧能力也大有长进，为后面演《西游记》打下了坚实的基础。而且，济公和孙悟空，同样是非常可爱的人物，滑稽而幽默，这是两者之间的共同点，也是两部戏之间的"姻缘"。可以说，《西游记》的"前传"是《济公》，《济公》的结束成了《西游记》的登场，拉开了父亲开演绍兴猴戏的序幕。

在此演出之前，父亲一直盼望着开演猴戏，但真正事到临头，他却有点想打退堂鼓。伯父一直鼓励父亲，他相信父亲一定能够演好孙悟空，不允许父亲退缩。父亲只好硬着头皮上了。

而伯父把更多的心思放到了如何做广告上：他先把《西游记》师徒四人的形象做成大幅广告牌，搬到老闸大戏院的楼顶，使大街上的人远远就能看到；接着又把父亲演的孙悟空、自己演的猪八戒等师徒四人的剧照洗印出来，观众每买一张戏票，就可以得到其中一张，如果凑齐了全部四张，就可以获得四人合照一张。

在伯父的精心策划和宣传下，首场戏票被预售一空。父亲精心准备，首场演出就获得观众的热烈掌声。但父亲对自己的要求非常严格，认为自己的开场演出是失败的。他还真诚地向一些特别熟悉的票友征求意见，有票友直言不讳地说："六龄童演的孙悟空像只小毛猴。"

各种猴戏演来演去，最终都要回到"孙悟空是美猴王"这个宗旨，如果演成"毛猴"，就少了"王者气象"，就不是美猴王了！父亲虚

心地听取了票友的意见。他百般琢磨后发现，尽管他看尽了上海滩各种猴戏，从京剧猴戏、绍剧猴戏、各种武戏和猴拳等多方面汲取过营养，却漏掉了一个最好最真的老师——猴子。要想成为美猴王，首先还要更得猴的精髓。

于是父亲养了一只小猴子，对着镜子学习猴子的动作，走到哪儿都要把猴子带在身边。久而久之，父亲终于揣摩透了猴子的喜怒哀乐，并把这些领悟加以融会贯通，结合角色的内心活动，进行美化和改造，运用到孙悟空的形象塑造中去。

就这样边学边演，现学现卖，父亲进步很快，从《猴王出世》《漂海学艺》一直演到《大闹天宫》，越演越火，他演的孙悟空终于自成一家，有了"南猴王"的称号。

最终演完了全本《西游记》的时候，全国都已解放，父亲这一番"西天取经之路"着实漫长。

父亲和同人们让猴戏走向世界

新中国成立后，同春舞台改成了浙江绍剧团，地址也从上海搬回浙江。父亲担任了浙江绍剧团团长，他们参加了各种戏曲表演活动，获得了很多奖项和荣誉，并受到党和国家领导人的赞扬和关心。

1956年8月，陈毅副总理陪同印尼总统苏加诺观看父亲主演的《孙悟空大闹天宫》。陈毅看了此戏，大加赞赏，后来对周总理说："我看过一个绍剧，很好，这是你们的家乡戏。"总理说："那我没看过。"陈毅说："有机会我安排你看。"

　　1957 年 12 月 15 日，周总理第一次在上海中苏友好大厦观看父亲主演的《孙悟空大闹天宫》。看完之后，总理接见父亲时说："我是绍兴人，看绍剧却是第一次，你的武功很好，演得很成功，外宾很满意。"然后就看见演小罗猴的我的二哥小六龄童，总理问："这是谁？"父亲说："这是我儿子小六龄童，今年 8 岁。"总理高兴地说："文艺事业需要接班人，你要把下一代带出来，多培养几个小六龄童呀！"

　　20 世纪 60 年代初，《孙悟空三打白骨精》被上海天马电影制片厂搬上了银幕，并在 1961 年 6 月 1 日公映。当时看这部电影形成了万人空巷的局面，《孙悟空三打白骨精》红遍大江南北。电影在全国巡映，戏剧也在全国巡演。《孙悟空三打白骨精》还发行到世界 72 个国家，是中国拍得比较早的一部神话彩色戏曲片，获得了第二届大众电影百花奖最佳戏曲片奖。

　　郭沫若先生前后六次看了影片和演出，写了一首诗：

> 人妖颠倒是非淆，对敌慈悲对友刁。
> 咒念金箍闻万遍，精逃白骨累三遭。
> 千刀当剐唐僧肉，一拔何亏大圣毛。
> 教育及时堪赞赏，猪犹智慧胜愚曹。

　　而毛主席观看了父亲主演的电影《孙悟空三打白骨精》后，又于 1961 年 10 月 10 日在中南海怀仁堂专门观看了舞台演出。回忆起当时那个场景，父亲至今犹感身临其境："当时我们在中南海，很紧张到底谁来看戏。我上台时，有一个习惯，从来不看台下的观众。结果等到 8 点钟，在演到唐僧与白骨精交流的时候，我有机会看出去，毛主席坐在第五排，

刘少奇在第三排，邓小平在第二排。他们后来告诉我，毛主席当时五次鼓掌六次大笑。"

后来毛主席又看了一次电影，1961年11月17日写了一首《七律——和郭沫若同志》：

> 一从大地起风雷，便有精生白骨堆。
>
> 僧是愚氓犹可训，妖为鬼蜮必成灾。
>
> 金猴奋起千钧棒，玉宇澄清万里埃。
>
> 今日欢呼孙大圣，只缘妖雾又重来。

这是对当时复杂的国际形势的感慨，而他的灵感也有一部分可能是来自父亲演的孙悟空。

1964年，毛主席到了杭州，又一次提出要看父亲的戏。当时父亲的脚受了伤，他表示没有问题，咬咬牙可以演。当地领导把情况向毛主席汇报，毛主席说："受伤了不宜再伤上加伤，这次就不要演了，我以后还会有机会看的。"后来，父亲知道那是为毛主席演戏，又后悔又感激：后悔的是当初如实报告了伤情，没能为主席表演；感激的是毛主席竟然如此关心一个普通艺术工作者的身体。

"文化大革命"爆发后，父亲被扣上了"大戏霸""大右派""反动学术权威""反革命修正主义分子"四顶大帽子，不仅被剥夺了上舞台的权利，还要接受隔离审查，紧接着又被编入"牛鬼蛇神"劳改队，发配到乡下服苦役。

直到1971年四五月间的一天，毛主席到杭州巡视，在观看绍剧演

很多人说，随着年龄的增长，我跟父亲越来越像。2016 年北京卫视猴年春节晚会，我扮上了父亲的绍剧猴戏的红色脸谱，在演出结束的一刹那，我突然热泪盈眶，思绪万千……

出的时候，突然想起了《孙悟空三打白骨精》中的父亲，说了这样一句话："绍兴的猴子到哪里去了？还压在五行山下吗？让他出来见见世面嘛！"

　　于是，1972 年年底，父亲终于从"五行山"下被放出来，不用再拉板车了。但是头上的"紧箍儿"还没有摘，只能在剧团里拉大幕，做道具。这个"紧箍儿"直到"文革"结束才正式解除。

　　1974 年，浙江绍剧团到军队慰问演出，身患胸膜炎的父亲表演了

绍剧《白水滩》中的武打戏。已经 52 岁的父亲在经历了"文革"十年浩劫后，终于重登舞台，告诉世人：久压在"五行山"下的"南猴王"重新出山了！

父亲在中国戏曲界享有很高的声誉，是绍剧的代表人物之一，开创了猴戏"活、灵"的南派风格，被尊为"南派猴王"。记得当我刚进剧组拍《西游记》时，很多人见了我，都说"这是孙悟空的儿子六小龄童"。等到后来央视版《西游记》播出获得成功并蜚声海内外时，很多人见到父亲，开始说"这是孙悟空的爸爸"了。这样的称谓多少让人有些哭笑不得，父亲明明是绍剧猴戏中扮演齐天大圣孙悟空的一代宗师，却被人叫作"孙悟空的爸爸"。但父亲打心眼里是骄傲、欣慰的。

父亲是我这辈子最感激的人，他不仅在生活中对我百般呵护，还是我艺术道路上的楷模。2014 年 1 月 31 日，父亲去世那天，绍兴很冷，我握着他那冰冷的手，双膝跪地，陪他走完人生最后一段旅途……

火葬时，我母亲抱了父亲生前穿过的美猴王戏服及一根金箍棒，放到父亲的遗体上，一起火化。我们想象着，父亲真正成为一个斗战胜佛，他在天上，和我的伯父、二哥，还有各位已故的同人，继续演他们一生钟爱的猴戏……

姥姥的一生都给了母亲和我

我的姥姥叫高冬梅，她 27 岁的时候，姥爷就患肺炎去世了。她没有改嫁，含辛茹苦地抚育着两个孩子，后来母亲的妹妹夭折了，姥姥就带着母亲一个孩子，两人相依为命，她对母亲特别疼爱。

抗战时期，时局混乱，姥姥带着母亲四处逃难，甘苦自知。但姥姥一直没有想过要改嫁，有男人来访，家中如果没有其他人，姥姥不会让他们进屋，在姥姥的脑子里没有"再嫁"两个字 。

我有时在想，27 岁对于一个女性来说是最好的青春年华，为什么姥姥要将自己的身心世界紧紧地封闭呢？当时的上海已经很开放了，为什么姥姥要主动忍受半个多世纪的灵与肉的煎熬呢？母亲说，姥姥的原话是：她已经把所有的一切都完完整整地交给了姥爷。

在我的记忆里，读初中的时候我们住在上海，我很小的时候，姥姥就给我做饭，她非常疼爱我。我小时候练功，在房梁上挂吊环，我一上吊环，房梁就会微微打颤，姥姥总是担心我掉下来，担心房梁塌下来。其实是没有关系的，但姥姥一看到我练功就担惊受怕。

生活上，姥姥特别照顾我，疼爱我。她有个草编的袋子，里面她攒着饼干等食物，每次我饿了、不开心了，她就从编织袋里拿出东西给我吃。

姥姥六十大寿时，我们"众星捧月"般地为她"暖寿"

　　姥姥是旧中国的传统女性，她把自己的一生都给了我们这个大家庭，尤其是给了母亲和我。抗战的奔波、家族的兴衰荣辱，她都一一经过，她坚强、善良、大爱无私。她的一生，所有的爱，如涓涓细流般奉献给了她疼爱的女儿和孙辈。

　　姥姥去世是在 1982 年 1 月 18 日，这一天正好是她的 80 岁生日，却也成了她的忌日。那天，她突然很清楚地说自己不行了，就像一台机器到了报废的期限。

　　那个时候，我正在杭州准备拍《西游记》。一接到电报，我就忍不住哭了。当晚没有回绍兴的火车，我一个晚上没有睡觉。没能回去见姥姥最后一面，是我永生的遗憾。

母亲："做人就是要知恩图报！"

母亲是我的择偶标准

母亲名叫严荼姑，是绍兴三棣街旧布店老板严炳炎的独生女儿。母亲从小聪明伶俐，活泼可爱，讨人喜欢。姥姥高冬梅与祖母周凤仙有点亲戚关系，根据旧社会的思想，亲上结亲是大好事。双方家人对这桩婚事都没有异议，于是顺理成章，父亲母亲拜堂成亲，从此恩爱一生，白头偕老。

在我的心目中，如果说父亲是我的艺术楷模，母亲则是我的择偶标准。

母亲是如此完美和伟大。她身上折射出中国传统女性的所有优点：勤劳持家，相夫教子。母亲从小上私塾，却一生没有参加过一天社会工作。解放后曾流行妇女去就业，政府也做了安排，但母亲没有参加，因为家里孩子多，她怕照顾不过来，怕孩子受委屈。在一个女人最美好的年华里，母亲所做的就是怀孕、生孩子，再怀孕、再生孩子……直到孩子们都长大成才。对于母亲来说，生孩子如同吃喝拉撒那么简单和平常。现在生一个孩子要那么复杂，还要做 B 超检查什么的，她感到很难理解。

在我的印象中，家里吃饭的时候，母亲总是把饭菜做好，把碗筷摆好，等着我们来吃。而且，吃饭的时候，她从不坐在所谓的"上座"，而是侧坐一旁，让父亲坐正位。往往是我们吃完之后，她才上来吃一点

1964 年，5 岁的我与母亲在上
海自家阳台上的留影。那时的
我还离不开母亲的羽翼，是她
最心疼的"莱莱肉"

剩饭剩菜。母亲偏爱我和章金跃两个最小的孩子，她会花 7 分钱给我们
买一碗粥，同时还会给我们煮一个鸡蛋，或者松花蛋，然后拿一根线，
说："你们看好，从中间分开。"但我们还是觉得有大小，为着这两半
鸡蛋的大小争起来，于是母亲就让我们轮流挑，今天你先挑，明天他先
挑。可以说，我们小时候就过着衣来伸手、饭来张口的生活。我们吃好
了，对她来说就是一种享受。

有人问她："一辈子生了 11 个孩子，这人生还有什么意思啊？"
但母亲却不会这么想，虽然她一生默默无闻，但她认为她一生有最重要
的作品——丈夫和孩子们。可是孩子们实在太多了，于是她有时候也会
开开玩笑，说自己简直生活在动物园里，周围都是一群"猴子"。

无论悲欢荣辱，永远夫妻情深

在母亲的眼里，无论父亲经历多少悲欢荣辱，永远都是她的丈夫。"文化大革命"期间，父亲变成了"牛鬼蛇神"，是她丈夫；平反后，父亲成了著名表演艺术家、全国政协委员，也只是她的丈夫。

"文革"中父亲被打倒，"造反派"去做她的思想工作，让她"划清界限"，但母亲的脑海中根本没有"离婚"两个字，她还经常带着我去"牛棚"看父亲。我记得给父亲送去的香烟，每一支都被造反派撕开，担心藏着什么纸条，最后留给父亲的，只是一堆烟丝。母亲对父亲说："只要你能坚强地活下去，就一切都好。"后来父亲对我说："如果不是你母亲，我那时肯定自杀了。"

父亲进了"牛棚"后，家中的经济非常窘迫。父亲每月只有15元的工资，都寄回绍兴老家去养姥姥了。已经工作的大哥、大姐、二姐把微薄薪水中的大部分交到母亲手里。母亲一分钱掰成两半花地打理着这个家。

为了增加收入，母亲带着我们糊信封。母亲还把家里值钱的东西送到寄卖行去，卖了钱就买生活必需品回来。在去寄卖东西的时候，母亲经常遇到这样的事情：她拿一件东西去街东头的寄卖行，店家出价3块，母亲觉得太便宜了，于是就来到西头的寄卖行，店家却只出价两块五。母亲说："东头的店还出价3块呢。"店家板着脸说："那你去东头卖吧。"母亲只得又回到东头。势利、精明的老板却只愿出价2元。母亲说："你刚才不是说3块吗？"店家鼻孔朝着天上，斜着眼不屑地说："你刚才怎么不卖呢？"

那段时间，我一直没有荒废练功，每天早晨悄悄来到浙江绍剧团的练功房，趁着剧团演员还没上班，从5点练功到7点。每次练完功，我的衣裤都会被汗水浸透，母亲就每天准备好干净的衣裤等着我回去。由于家里条件窘困，我没有多余的内衣裤，遇上阴雨天，母亲就连夜把湿衣裤烤干。买不起练功鞋，我穿鞋又特别费，母亲就到旧货摊上买来旧球鞋给我穿。我练功体能消耗大，吃得特别多，母亲就卖掉自己的衣服换来米面，让我吃饱，她自己却吃稀饭。

在那种情况下，母亲忍受着各种委屈，默默地坚强地操持着这个家。无论多么困难，我从来没有看到她愁眉苦脸过、哭泣过。

做人就要知恩图报

"文革"结束后，父亲平反了，国家补了两万多元工资。这在当时真是一笔巨款，母亲把这些钱用于报答那些当年帮助过我们的亲戚朋友。当年借给她三元五元，她就会给他们买一辆自行车，或者买一块手表。这两万多元钱几乎让她报答完了。她认为，情义无价，人应该知恩图报。

父亲平反后开始教我练功，这段时间，母亲特别照顾我。当时，我早上很早起床，为了不耽误时间，母亲每次都提前一天把我的书包准备好：球鞋、毛巾、肥皂、两件汗衫——因为怕我练功出汗多，衣服全部湿透，所以多给我一件换着穿。每次我练功回来，两件衣服都湿透了，母亲就拿着我浸满了汗水的两件衣服，合着她的泪水，还有绍兴的井水，一起洗。那段日子，是我最辛苦的日子，可是现在想起来，也是我最感动、最幸福的日子。

2016 年 12 月 8 日，我们兄弟姐妹五人在上海六小龄童艺术馆追思母亲

　　在母亲无微不至的照顾下，我在这段日子里养成了一辈子都坚持的习惯——毛巾一定叠得整整齐齐，书包歪了要放平，鞋带系好……我对这些细节很在意。我想，这都是母亲的一言一行对我的影响。

　　母亲生我的时候 36 岁，所以她的年龄大我三轮，我的二姐年龄则比我大一轮，我们母子姐弟三人是同一个属相，都是属猪的。所以一位漫画家曾经给我们画过一幅漫画，画上是一只大猪带了两只小猪，非常可爱。

　　母亲晚年的时候一直守在父亲的旧居里，一步也不肯离开，我知道，在她心里，父亲是永远活着的。

2016 年 10 月 26 日，我亲爱的母亲永远地离开了深爱着她的儿女。母亲 94 年风风雨雨忠贞不二，一生与家族为子女鞠躬尽瘁，我们深切地怀念她。

母亲虽然没有像我的祖父、父亲那样直接传授我猴戏，可是她是我们家族平凡而坚强的女性，她的善良、勤俭、感恩、甘于奉献，一直在点点滴滴影响着我；她对我们无微不至的爱，让父亲和我能够全心全意投入猴戏艺术，让猴戏艺术在我们手中发扬光大。这是我生命中任何其他老师都无法替代的。

我还有另一个妈妈，这便是我的奶妈。

我出生后不久，因遭遇了三年困难时期，母亲的身体状况大不如前，奶水不足，因此曾经给我找过一个奶妈，我吃了她半年的奶。可惜，除了在我七八岁时曾在街上遇到过她，这个奶妈至今再没有任何音信。

我经常会怀念她，是她的奶养育了我，滴水之恩当涌泉相报，多少年来我一直想找到她。央视有一个寻人节目，问我有没有要寻找的人，我说我想寻找自己的奶妈，但至今没有任何结果。这是我永远无法弥补的遗憾。

大哥：我艺术道路上的知己

我永远忘不了 2018 年 3 月 3 日那一天的清晨，阴雨天气中的上海龙华殡仪馆格外湿冷，下着小雨，我呆呆地望着大哥的遗体，不禁再次流下泪来。

2017 年的腊月二十八，我接到大哥住院的消息后匆匆赶到上海。那天天气很暖，我忐忑不安地穿上白大褂和一次性鞋套，走进重症监护室，看到了意识已经模糊的大哥。大哥看到我，医生问他认不认识这是谁，他还认得我，说："这是我老弟。"这是我们兄弟之间的最后一次交流。

大哥名叫章金彦，是我们家 11 个孩子中的长子。大哥于 1943 年 8 月 6 日出生，1960 年 3 月参军，1961 年 9 月退伍，1961 年 9 月进入上海市缝纫机台板一厂油漆车间工作，1998 年 9 月光荣退休，1994 年 9 月起担任上海六小龄童文化实业有限公司董事长和法人代表，2012 年 3 月兼任上海六小龄童艺术馆馆长。

大哥生长在戏剧世家，从小聪明伶俐，只有 4 岁的他就在《济公传》《西游记》等连台本戏中扮演了许多角色，如"灶师菩萨""小济公""小猴子"等。作为家中的长子，大哥很早就挑起了养家的重担，对弟弟妹妹们非常照顾。小时候，我曾出于好奇打碎了大哥当兵时留存的望远镜。"文革"时期，由于家境窘迫，已经工作的大哥和两位姐姐都是把微薄薪水中的大部分交到母亲手里，用来支撑这个家。为了我们，大哥很晚才成家。

2016 年 4 月 29 日，我与大哥章金彦在江苏淮安美猴王
世家艺术馆外的铜雕前合影

　　1994 年，上海六小龄童文化实业有限公司成立后，大哥为六小龄
童品牌的创立和成为一种文化品牌现象做出了重要而积极的贡献，使公
司的各项事业都有了很大的发展；作为我的经纪人，大哥为我的演艺事
业的发展与推广付出了很多心血；作为全国首座以我个人名字命名的上
海六小龄童艺术馆的馆长，艺术馆的管理、发展都有他的功劳；他还为
江苏淮安美猴王世家艺术馆的建成做出了杰出和关键性的贡献。

　　在我多年的演艺生涯里，是大哥始终陪在我身边，他是我艺术道路
上的知己、人生事业上的导师。尽管大哥没有从事艺术工作来传承父辈
们的衣钵，但他为"章氏猴戏"理论体系的形成，为我的前半生传承猴
戏艺术、后半生弘扬猴文化的成长之路，为猴王精神的传播，一直在幕

后默默地给予着支持。都说长兄如父，我的成功，离不开大哥的帮助和支持。

最近几年，大哥身体欠佳，加上也已进入古稀之年，我就尽可能让他少处理事情，有时间就多休息、多旅游，可大哥还是闲不住，经常为我的事情担心牵挂。无论我到了世界的哪一个地方，都会及时和大哥通电话，把我的情况告知他。前不久我在浙江卫视录制了一档节目，节目播出的时候，大哥正在重病中，但他依然不顾医生的劝阻，执拗地在病床上坚持看完了节目。

没想到，腊月二十八的那一次见面，竟成了我们兄弟间的永别。大年三十上午，在家家户户都其乐融融地欢聚一堂，准备欢度春节的时候，我却接到了大嫂打来的电话，告诉我大哥永远地离开了我们……放下电话，我陷入了久久的哀思。回想两天前最后见到大哥时的情景，我忽然明白了，原来大哥一直在努力坚持，坚持到见了我最后一面，才放心地撒手人寰。

在大哥的追悼会上，我代表家属做了发言，泪水已经模糊了我的双眼，大哥的音容笑貌依旧萦绕在我的脑海中。如今，大哥走了，我看着他从一个和蔼可亲的兄长，变成冷冰冰的、再也不能喊我一声兄弟的遗体，再变成一把轻如尘埃的骨灰……多年来的兄弟之情涌上心头，久久不能释怀。

随着大哥的离世，我身边最亲的家人又少了一位。我相信，大哥是去了另外一个美好的世界，与父亲、母亲还有二哥团聚了。正如一位网友说的那样：西天极乐多一佛，猴王世家少一人。

我一直把大哥送到火化场，在大哥被推进去火化的最后一刻，鞠上了一躬。大哥，来世，我们再做兄弟！

北派猴王李万春：“让观众记住你的眼睛”

　　李万春先生与我的父亲六龄童并称“南北猴王”，他们两个人不仅
是艺术上互相钦佩的一代宗师，也是生活中的挚友。俗话说“同行是冤
家”，但我父亲与李万春先生同样是猴王，却从来没有互相踩过对方，
而都是互相抬对方。我们南北两个猴王世家之间的情谊也被艺术界传为
一段佳话。

我与北派猴王李万春先生的合影。当年的我
如果不是受到北派猴王的鼓励，还不知道要
在挫折中挣扎多久才能找到信心

　　拍摄《西游记》之初，我曾面临着巨大的困难和压力，为此我专门向李万春先生取经请教。李万春先生给予我很大鼓励，他送给我一把牡丹花的扇子，说："牡丹是花中之王，希望你成为真正的美猴王。"

　　李万春先生还提点我："猴戏就是要让观众记住眼睛，记住那双火眼金睛。"这个建议为我塑造孙悟空形象带来了很大帮助。

　　2004 年猴年，我与李万春老先生的孙子李阳鸣，以及来自天津的京剧表演艺术家董文华一起演出了节目《金猴闹春》。说起李阳鸣，我至今深感痛惜，年纪轻轻的他在 2013 年就去世了。

　　2011 年，在李万春百年诞辰纪念活动上，我专程出席了在梅兰芳大剧院举行的发布会，讲述章家与李家的渊源。

肖应鹏："刻画猴子贵在传神！"

接拍《西游记》后，欣喜若狂的同时，我也明白，我的猴戏表演主要是家传所学，这又是我第一次参演电视剧，很多功夫还是不够的。于是在《西游记》的拍摄过程中，我每到一地，一有空闲，就去拜访当地名师，向他们求教，讨取经验。

1982年10月，《西游记》剧组来到四川拍外景，我听说四川有位有名的"猴王"——肖应鹏，当即决定前去拜访求教。

肖老精工猴拳，平生观察猴子的生活习性，积累了丰富的经验。他在猴拳、猴棍方面造诣高深，是中国武术界猴拳、猴棍的创始人。

肖老说："刻画猴子贵在传神，神在何处？在眼睛，要眉毛高抬，保持眉弓部分的紧张状态，但眉毛不动，只眨眼皮。两眼定神正视前方，眼珠不要左右乱动。若要上瞻、下瞧、左顾、右盼，头动眼不动，两眼始终神采奕奕，这样就把猴子的机灵性格表现出来了。"

"猴子在手势、步法、身形等方面都有自己的特色，不同于人。它手指并拢微屈、虚掌，以腕背击人，脚尖着地，步履蹒跚、缩颈、耸肩、躬身、收臀和爱翻筋斗。"

肖老连说带比画，他把自己毕生的经验毫无保留地告诉我，并让我仿照着做，不时加以指点。

　　后来，在我们拍《猴王初问世》时，我在孙悟空蹿、蹦、跳、跃的动作中穿插进许多肖老教给我的脚尖点地法，果然对展现孙悟空灵巧、活泼的特征有巨大的帮助。

夏衍："愿在荧光屏上大显神通"

　　夏衍先生也是我很感激的老师。1982 年夏天，剧组拍摄完试集《除妖乌鸡国》，在国庆之夜与广大电视观众见面。播出后，剧组主创人员想听一听戏剧家夏衍先生的意见。我被指定为"全权代表"——因为夏衍先生是浙江杭州人，是我父亲六龄童的老熟人。当时他年过八旬，还是非常热情地接待了我。

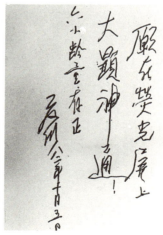

1982 年 10 月试集《除妖乌鸡国》播出后，我去拜访夏衍先生。先生给我的建议和题字，都给了挫折中的我很大鼓励

　　试集播出后，全国观众褒贬不一，我忐忑不安："您看了试集以后，认为有哪些不足？"

　　夏衍先生略作思考，说："总的印象是好的，是比较满意的。提几点想法供你参考。第一，孙悟空、猪八戒的表演除了真实以外还可以再夸张些，不能太生活化了，要加强神话色彩。《西游记》之所以吸引人，神话色彩浓厚是一个主要原因。因此，孙悟空、猪八戒的表演要做到幽默、风趣。第二，试集的特技摄影粗糙了点。《西游记》是以神话见长的一部古典小说，拍起来特技镜头会很多，因而在这方面多下些功夫。目前，我国特技摄影水平是很高的，必要时可以请其他单位在设备、人员上支持一下。第三，猪八戒的造型应该扮得再好些。"

　　说到我的表演，夏衍先生说："试集里你的表演还是有猴气的，希望你继承父辈在猴戏表演上的传统，虚心向各剧种的以演猴戏见长的专家们学习，有所发挥，有所进步，让广大观众耳目一新。"

　　告别时，夏衍先生赠我一幅字："愿在荧光屏上大显神通！"

李骆公："艺术就是要过河拆桥！"

剧组到桂林拍《三调芭蕉扇》，我听说当地有一位被外国人称作"东方的毕加索"的著名美术家、书法家李骆公教授，立即匆匆前去求教。李教授高兴地搁笔相迎。

在谈到"艺术领域"的问题时，李老说："我一向主张'为人直、为艺曲'。作为艺术，可贵之处在于既能领略它的主旨，即所谓'看得懂'，又不可粗浅直露，要留给人几分思考、想象的余地。"

谈到创新，李老说："做人，不可过河拆桥，因为人是有感情的；而从事艺术创作，我却主张过河拆桥。"

我马上接下去说："李老，我理解您所说的'过河拆桥'包含两个意思，一是要敢于'过河'，二是过了河还要敢于'拆桥'！"

"太对了！"李老赞道，"在艺术的道路上，前人为我们搭了桥，而我们有的人站在桥上不敢过去；有的人一时过去了，又惮于前驱，生怕没有退路，于是瞻前顾后，又从原桥退回，落入窠臼，太没有出息了。"

李老的话给我带来了启发和鼓舞，整部《西游记》的拍摄，就是我不断地摸索孙悟空形象、不断克服困难的过程——回想《西游记》拍摄这么多年，我有没有想过退缩或者放弃？基本上没有。为什么？因为我没有退路。整个猴王家族历时四代的悲欢荣辱、二哥的临终遗言，犹如一双无形的手，在不断推着我向前、向前，我没有任何退路。也正因为如此，我才有这样一种坚持和毅力。

　　生活中不能干过河拆桥的事，但是艺术上一定要做到过河拆桥。也许，只有不留退路，我们才能真正有所成。

七十三变　情随性

做到不可替代不可超越，才算大师

在电视剧《新燕子李三》中饰演李显大侠

我与周总理一起回故乡

《西游记》后，我尝试了很多角色，体验了很多不一样的人生。

说起周总理，心里总有一种亲切感。我出生时，父亲给我取的第一个名字是"章金来"，这是为了纪念周总理对我父亲的一次接见——1957 年，总理在上海的中苏友好大厦接见了父亲。当时周总理是和缅甸总理去看他们的演出，父亲演的是绍剧《大闹天宫》，总理看后很高兴，上台跟父亲说："你的武功很好，外宾看了很满意，我是绍兴人，但是第一次看绍剧，文艺事业需要接班人，你要把下一代带出来，多培养几个小六龄童呀！"说罢，周总理还抱起了我二哥——一直在旁边蹦来跳去、还没有卸装的小六龄童。

总理祖籍浙江绍兴，和我家一样。听爷爷奶奶那一代人讲，周家当时是绍兴的名门望族。我奶奶也姓周，当时住得离总理的故居不到100米。

而总理的出生地江苏淮安，对我来说，又是一个十分有意义的地方——《西游记》作者吴承恩也是江苏淮安人。淮安孕育了世界闻名的政治家和受人喜爱的文学家。

说来有缘，在我拍摄《西游记》的间隙，造型师王希钟先生偶然发现，我的脸形和周总理很像，他随手给我化了装，结果除了眉毛简单修理外，其他地方根本不需要修饰，与青年时期的周总理很相似！

我在拍《1939·恩来回故里》时的试装照，
开始有人觉得我一身"猴相"，不像周总理，
但试装照一出来，却人人称奇。我想，这就
是我和周总理冥冥之中的缘分吧

于是，我开始在心里寻思：我可不可以主演一部有关周总理的影视
作品呢？

经过多方筹措，我选定"恩来回故里"的一段故事，开始拍摄电视
电影《1939·恩来回故里》。这部剧于 2000 年开机拍摄，由郭凯敏导演，
我主演周总理，并担任制片人。这部剧再现了敬爱的周总理在 1939 年
3 月 28 日至 31 日的短短 3 天里，因抗战机缘来到故乡，夜以继日地工
作的种种场面。

真的有种命运的巧合——当时我与总理不仅外貌有些相似，而且我
和剧中的总理刚好同岁，都是 41 岁。

演周总理面临很多挑战。在我之前，演周总理的演员有 10 多个，
其中有我最欣赏的王铁成先生。我并没奢望超越他们，我只想超越我自

己。就像演孙悟空时，我也是借鉴了很多前人的经验，融为自己的表演。演周总理也是如此，我一直向王铁成先生求教，他的传记我也看了很多遍。我找来有关周总理的录像带、图书资料，仔细琢磨，尽可能找到自己和周总理的相似之处。

在身体形态和眼神运用上，我下了一番功夫。

我的眼睛比较圆、比较大。总理的眼睛跟我不一样，他的眼神非常有穿透力。那么在这部剧中采取什么办法？第一是化装，使用油彩、化装纱、彩笔勾，使之尽可能在外形上接近；第二，拍摄时注意灯光的使用，不能像演孙悟空那样用强光灯，眼睛也不能使劲看一个东西；第三，最重要是走进周总理的内心世界，感受周总理的智慧、勇敢。他无论做什么事，都可以用巧妙的方式解决，这就需要做到神似。

虽然我的身高和总理一样，都是 1.74 米，可是身体形态上有很多不同。早年拍摄完《西游记》，由于对孙悟空形象塑造太深，我的言行未免有些猴样，脾气急，说话快，平时走路时还有点弯腰驼背。而周总理很挺拔，他不仅是个伟人，还是个典型的美男子。总理当年在校园文艺活动中也演过话剧和女角，平时坐、站都非常注重美的姿态。这些形态上的塑造需要下很大功夫。在剧中，我的服装需要加垫一些，并时时刻刻注意自己的姿态。

演戏需要形神兼备。形是可以用外界技术来解决的，比如化装、服装、灯光等等。外界无法协助的是神态，即总理身上的那些气质。做演员，更重要的是对角色有内在的理解，才能把灵魂演出来。

总理是中国标准的美男子，个头、外形以及说话的气质一流。他是那种柔中见刚的性格，很儒雅。总理尊重艺术，待人谦虚，平易近人。他对文艺很内行，喜欢各种戏种，喜欢影视，基本每一部电影拍的中间，甚至拍之前他都会去看。那时候国家事务那么忙，总理还这么关注文艺，谦虚地提出建议，却从来不惊动任何人。

杭州有一个京剧大师，叫盖叫天，是老艺术家。在一次演出中，总理和盖叫天说话，当时他并不认识总理。总理问他："您有什么需要帮忙的？"盖叫天说："我那电灯也没修好，电也不通……你叫什么名字？是做什么的？"周总理说："我是负责人，叫周恩来。"后来总理去杭州办公事，当时下着雨，还专程去拜访盖叫天先生。总理对艺术的这份尊重，让我们很感动，这种精神是永恒的，应该用100集去拍一个关于总理的纪录片。

父亲拍的电影《孙悟空三打白骨精》，获得第二届中国大众电影百花奖"最佳戏曲片奖"。颁奖方要求拍张合影，当时我父亲没有去，但这部戏的导演去了。导演杨小仲当时70多岁了，总理那时60多岁，合照的时候，总理就直接让杨小仲导演坐在中间，一点都没有领导的架子。

我岳父是搞部队摄影的，一次在公园里溜达，看到总理来了，正跟那些老人家聊天，总理刚问道："老人家，您最近身体怎么样？收入怎么样？"一下子就被人团团围住，这不是人为组织的，是真正走近老百姓。

总理去世时，联合国降了半旗。对国家，对民族，对老百姓，对自己的亲戚，他都有各自的情感；而对于他的对手们，总理也总有自己的办法。

在我眼中，总理最大的魅力就是眼神，他眼睛里流露出来的感情不是演戏，而是真情流露。他大到对国家对民族，小到对家人对亲戚做得都非常好，做事非常缜密。人们说千古无完人，但总理几乎是一个完人。

…………

我想，在《1939·恩来回故里》中，我需要把周总理的这种感觉演出来。

1939 年 3 月 28 日到 31 日，周总理回到故乡绍兴。当时他身兼中共中央副主席、国民政府政治部副主任等要职，以扫墓祭祖的名义，宣传抗日，搞统战工作。在绍兴，许多人是他的下级，同时又是他的老乡，辈分比他大。面对叔叔、阿姨，总理搀着他们，请他们都走到上面，总理在下面恭恭敬敬地听他们讲话，从不和人说他是领导……

带着这份敬仰，我亲身体验了周总理的这次归乡，与周总理一道，走过越王台，走过东湖，走过兰亭，一直到周总理故居。经过两年，我终于完成了这次不凡的心灵之旅，完成《1939·恩来回故里》的拍摄。

2004 年，《1939·恩来回故里》终于顺利封镜，我感到自己完成了一个重要的心愿。

· · ·

我一生演了很多艺术形象，但最有意义的、我印象最深的，是我曾饰演过两个 20 世纪二三十年代的文化巨人——鲁迅先生和胡适先生。我先是在歌舞剧《诗意中国》中扮演鲁迅先生，后来在电视连续剧《北平战与和》中扮演胡适先生。两位先生虽然观点不同，但是对中国文学界、对后世的影响都非常巨大，而且他们都在《西游记》作者的考证中做出过重大贡献。

结缘鲁迅先生

"最惹眼的是屹立在庄外临河的空地上的一座戏台，模糊在远处的月夜中，和空间几乎分不出界限，我疑心画上见过的仙境，就在这里出现了……回望戏台在灯火光中，却又如初来未到时候一般，又漂渺得像一座仙山楼阁，满被红霞罩着了。"

这是我们都特别熟悉的鲁迅先生的《社戏》片段。鲁迅先生十一二岁的时候，随母亲到外婆家，十分受优待，闹腾着非要看热闹的社戏。几个孩子借了乌篷船一撑，荡向水乡深处，寻找那些响彻在水雾氤氲的夜空中的开场锣鼓。金声玉振，夜色如墨，灯火辉煌，大旗猎猎，身影翻飞，刀枪剑戟，大概这些如水墨画一样淋漓的画面，就是鲁迅先生早年最美妙的记忆吧？多年以后，鲁迅先生在北京看了京剧后写下《社戏》《二丑艺术》《无常》等篇章。

我想，我家与鲁迅先生冥冥之中有一种缘分，我们同为绍兴人，与鲁迅先生同辈的我祖父章益生——当时人称"赛活猴"，每年都要参加社戏表演，现在想来，鲁迅先生的《社戏》，或许和我祖父的猴戏有些干系呢。

我时常会想象，祖父是如何快活地腾挪在鲁迅心中眼中的神妙仙境里，演绎着他自己的艺术人生，而少年时代的鲁迅先生，也在故乡的社戏中熏染文风、学识和智慧。鲁迅先生后来去日本留学，回国后弃医从

文，作为作家和学者的鲁迅先生，在他的学术著作《中国小说史略》里，专门对《西游记》有一个考证，包括作者的确定、版本演绎的详细经过。而那个时候，我家三代人都在演绎着我们无比钟爱的《西游记》猴戏。

也许就是这种冥冥之中结下的缘分，我们家和鲁迅先生的后人之间结起了纽带。我父亲的书《取经路上五十年》，是鲁迅先生的弟弟周建人写的序；鲁迅先生的公子周海婴先生是我家的老朋友。我经常看着他和我父亲坐在一起，说着地道的绍兴土话，两人眉飞色舞，神采飞扬，却让别人听得一头雾水。这时我总是心中暗笑，说不定在另外一个世界，我祖父和鲁迅先生也在交头接耳呢。

2004 年，我在大型歌舞剧《诗意中国》中扮演绍兴先贤鲁迅先生。在那么多演过鲁迅的演员中，我也许是唯一说绍兴话的"鲁迅"。

多年后，我有幸遇见周海婴先生，说起我扮演鲁迅先生的奇遇。我有些不好意思地说："我的外形可能不是很接近……"周海婴先生说："我觉得很好啊！"他还提笔给我写下"演艺人生"四个字。

我想，能够饰演鲁迅先生，是我的幸运，是章家和周家的缘分，也是文学和猴戏艺术生命的交流和延续，每每想到这里，我心里就很感动。

2004 年，我在大型歌舞剧《诗意中国》中扮
演了绍兴先贤鲁迅，这是我所扮演过的人物
中印象深刻且最有意义的角色之一

孙行者与胡适之 70 年之缘

1932 年，陈寅恪先生主持清华大学国学研究院招生，考试内容为对联。上联是：孙行者。当时许多考生交了白卷，仅一人以妙对高中。这位考生的下联是：胡适之（胡适，字适之）。这副对联一时传为佳话。

没想到，这个历史事件，在 70 多年后，居然与我有了一些关联——2008 年初，中国电视剧制作中心的副主任、电视连续剧《北平战与和》的编剧之一李汀先生联系我，希望我在这部剧中扮演文化名人胡适先生。

《北平战与和》是一部以傅作义将军为中心展开的影视作品，作品以战争情势、高层斗智为主要线索，着重表现中共领袖的军事才华和政治智慧，最后，傅作义弃暗投明，北平和平解放。在这部作品中，破天荒地插入了一些当时在北大掌校的胡适先生的戏。

编剧、导演说，之所以考虑由我出演胡适这个角色，"首先是因为两人在气质上的吻合，其次才是两个南方人外貌、身体特征上的接近"。我当时觉得，饰演胡适这样的角色，不仅是对我演技的挑战，同时也是一种考验。当然，这是编剧和导演对我的肯定，也是我体验不同角色的机会。于是，考虑了如何准备角色后，我应承下来。虽然我在这部剧中的戏份不多，但我希望自己通过多方面的努力，为观众朋友演绎一个真实的胡适。

　　在《北平战与和》中，我出演的胡适在剧中三次出现：在蒋介石、宋美龄、傅作义出席的关于国共两党战与和的座谈会上，胡适现身发表意见；胡适与美国驻华大使司徒雷登会面时，有两人的一席谈话；在北大南迁这个问题上，胡适广泛征求教授和学生的意见。

　　在这三个小故事中，做到不脸谱化、立体地展示胡适这个人物形象，是我需要面对的。在儿童时代，我就知道胡适这个人，但只知道他是一个跟鲁迅对着干的坏人。

　　因为要研究西游文化，多年前，我买过台湾版的胡适著作《西游记考证》，对胡适先生有一定的了解。在这部著作中，胡适对《西游记》的作者进行考证，并且对小说的形成有非常详尽的论述。可是光凭这本考据作品，要了解胡适，还远远不够。

　　我又从网上找来了一些有关胡适的影像资料，包括台湾电影制片厂拍摄的黑白纪录片《胡适先生在台湾》《胡适先生与世长辞》以及凤凰卫视的《沉重的转身——惟适之安》等，通过影像资料，我了解到，胡适先生非常儒雅，很有大文化人的气质，讲话口齿清楚，斩钉截铁。我买了台湾和大陆出版的《胡适传》《四十自述》《胡适图传》《胡适评传》等书籍，又从北京潘家园的地摊上买来一本香港上世纪 50 年代出版的《四十自述》，通过书籍了解胡适先生多彩的传奇一生、气质风貌、为人处世等。另外，我与北京胡适研究会、安徽大学胡适研究中心、台湾胡适纪念馆取得了联系，参与了不少学术研讨会、纪念活动。通过查看大量的资料，一个真实完整的胡适形象慢慢浮现在我的脑海中。

　　进入"实战阶段"，我开始从小处着手，琢磨一双鞋、一件长衫、一个手势动作，从举止形态上一点点接近胡适先生——我饰演的胡适，

是生活在北平和平解放前夕的 56 岁的大学者。因为我俩的外形并不是特别像，化装师将我的头发剃短，剃成那个年代的发型，眉毛也做了处理，我自己还准备了一副金丝边的圆眼镜。但后来导演觉得不妥，那个年代的胡适应该戴玳瑁眼镜，于是妻子于虹帮我从天津的古董市场淘来了一副玳瑁眼镜，我戴上后，果然效果好了很多。

看过资料后，我了解到胡适先生拥有 36 个博士头衔，骨髓里中西文化有机融合。因此，在戏份不重的情况下，我和剧组在胡适的穿着上做了两种处理：当胡适与蒋介石、宋美龄、傅作义同场出现时，穿西装；在其他场合时穿长衫，拿文明棍。这样在外形装束上，就能有所区分。

妻子于虹帮我从天津古董市场淘来的这副玳瑁眼镜可谓画龙点睛，让我顿时"穿越"到 20 世纪 40 年代

　　胡适说过一句名言："宽容比自由更重要。"这是一个温文尔雅的大学者，一个为祖国统一、民族团结做出过贡献的文化名人。我要还原的，就是这样一个胡适形象。从浩渺历史中还原的胡适，在关乎中国命运的座谈会上，亮明了自己的观点，建议国民党最高当局：国共要坐下来谈，而不是继续对立、对抗。他拒绝司徒雷登让他改籍美国的建议，坚守中国国籍。他了解到教授、学生们不愿北大南迁的立场，没有坚持，而是只身离去，黯然南下。

　　只有真正了解胡适，才能发现，我们这个时代，不仅需要鲁迅，也需要胡适。现代人要有鲁迅的批判精神，也要具备胡适的宽容胸怀。这两个文化巨人是互补的。

　　先演孙悟空，再演胡适之，"六小龄童"是不是能当这副对联的横批了？我感到很幸运。

《啼笑因缘》侠客行

　　《啼笑因缘》是"通俗文学大师"张恨水的代表作之一，"文革"后我曾看过这本书，当时被书中的情节深深吸引——小说集言情、武侠、传奇于一体，讲述在军阀混战、列强侵华的年代，青年学子樊家树与天桥卖唱的大鼓女沈凤喜相爱的故事，展现青年男女的悲喜恋情，以及战乱时代的善恶交锋。

　　听父亲说，著名的电影皇后胡蝶女士曾于1932年主演过同名无声电影，这部影片也是她的代表作之一。之后出现过多部根据此书改编的电影、电视剧、曲剧、黄梅戏、越剧、沪剧、滑稽戏等。

　　2002年秋，我的单位——中国电视剧制作中心，准备将这部经典

张恨水先生笔下的关寿峰，一身侠义，是我很喜欢的角色

作品拍摄成电视连续剧，李培森主任找到我，希望我在剧中扮演关寿峰一角。当时，我除了《西游记》以外，还没有在单位拍摄的其他电视剧中扮演过角色，心里有点犹豫。但是李培森主任一直鼓励我，他说之前看过我演的电影《过年》，认为我除了演孙悟空外，完全能够演好其他角色。他还认为，关寿峰是个会武功、很侠义的人物，正好能够发挥我的特长。在李主任的鼓励下，我应承下来。

剧中的关寿峰 60 岁，是关家村仅有的几个幸存者之一，在军阀专政的时代备受煎熬，对当时的社会深恶痛绝，但是又具有强烈的民族热情，最后投身于抗日联军，战死沙场。关寿峰是他所处时代里一批爱国人士的典型代表。

我创作角色的习惯是不惜一切代价找到所有前人演过的相关作品去观摩，吸收前人表演的优势，再加上我的特点变为自己的东西。为此我在准备角色的过程中重新阅读了原著小说，并买来了胡蝶主演的电影、同名黄梅戏及黄梅连续剧、曲剧等影像资料，还特别找到王新民导演——他在 1987 年导演过孙启新主演的同名电视剧，我向他借来该剧光盘，并请教当时拍摄的情况，收获很大。

过去戏曲中这个人物由花脸演员来演，我根据自己的气质做了调整，按戏曲的文武老生来表演。练武之人平时的习惯，行动坐卧都会自然地流露出来，而不是做状，武术指导陈咏歌又给我设计了很多适合我的武打动作。在外形上，虽然我不像山东人那么魁梧高大，但通过化装，粘上胡子，我发现在气质和形象上，自己慢慢和角色接近了。

这部戏的总导演是曾拍摄过《人·鬼·情》《青春万岁》《画魂》等电影，以及《围城》《孽债》等电视剧的著名导演黄蜀芹，她的父亲黄佐临导演是我国著名的戏剧、电影艺术家。黄导对《猴王世家》的电影题材很感兴趣，我也曾去她家拜访过她，虽然很遗憾最终没有合作拍成此片，但 2002 年，我终于有机会在《啼笑因缘》中与她合作。

扮演樊家树的胡兵个子很高，拍戏时拍到我与胡兵在一起的近景镜头时，胡兵都是半蹲着走路。扮演我女儿关秀姑的马雅舒毕业于中国戏曲学院，9 岁时主演了自己的第一部电影《北京小姐》。在这部戏里我与当年的"恋人"傅艺伟再次合作，只不过这次我俩地位悬殊，她是地位高贵的陶太太，我则是江湖艺人。

扮演刘德柱的傅彪为人谦逊而且工作认真，在拍关寿峰与刘德柱去土匪山寨谈判、击毙匪头、二人举枪对峙这段戏时，他反复与我研究讨论如何表演。我们一切都从戏和人物出发，合作得非常愉快。

《啼笑因缘》在全体演职员的通力合作下于 2004 年在央视八套首播，之后经常重播。关寿峰这个角色，是我在孙悟空以外塑造的比较喜欢的角色之一。

"孙悟空"变成大反派

金庸先生曾把自己所创作的小说名称的首字联成一副对联："飞雪连天射白鹿，笑书神侠倚碧鸳"。他的很多作品都多次被拍成电视剧，但《连城诀》是被拍成电视剧次数最少的，香港曾经拍过一版，在内地的影响并不是很大。

我一直都很仰慕金庸先生，其小说刀光剑影，却不失书生情怀、儿女情长。因缘际会，没想到，在拍完《啼笑因缘》后，我有机会饰演金庸先生《连城诀》中的花铁干。

早在2002年年底，我拍《啼笑因缘》时，动作导演陈咏歌在剧组帮忙指导其中为数不多的武打戏，我们成了朋友，他建议我拍些武侠剧，我也希望能有这样的机会。

2003年1月初，陈咏歌导演接了王新民导演的《连城诀》。当时花铁干这个角色还没有确定，陈咏歌导演向王新民导演推荐了我。王新民导演与我一见如故，立刻敲定了我的戏份。他认为我演过戏曲，有武术功底，花铁干这个人物使用的是双枪，还有很多很重的文戏，适合我演。当时他还讲了对金庸先生小说的理解，并和我强调："千万不要脸谱化！"希望我能生动展现花铁干从一代大侠变成一个卑鄙小人的过程。

我曾看过王新民导演的《啼笑因缘》(1987年10集版)及《燕子李三》

等作品，一直希望有机会与他合作，没想到这次终于如愿以偿。——我特别感谢王新民导演，在那个时候，能让我去演这样一个大反派的武侠剧形象。这个角色对我来说是个很大的挑战，也和我以前演的角色有很大的反差——孙悟空是人见人爱的神话人物，而花铁干是个人见人恨的卑鄙小人。因此接这个戏时我有些犹豫，担心会破坏我在观众心中孙悟空的形象，但转念一想，一个好演员还是要演好角色，不要过多考虑过去成功形象的光环，于是我很快地投入到了角色创作中。

金庸先生在自传中写过一句话，大意是说：看他的小说，千万不要

在《连城诀》里塑造的花铁干，看眼神，便知是相当阴险的大反派

带着读者个人的观点区分所谓的好人与坏人，许多读者喜欢给人物定性，这不是作者的本意。

我一直仰慕金庸先生，尽管从未谋面，但能在根据其原著改编的电视剧中扮演角色，我已经很欣喜了。这个故事有时代背景、事件氛围，花铁干从一代大侠最后成为卑鄙小人，是随着事件的推进一步一步走到那里，最后才有被杀死的结局，因此塑造角色的时候要挖掘他人性的那一面，绝不能脸谱化、概念化。

在造型设计上，为了让观众看到这个形象不会联想到我曾扮演的孙悟空，造型设计师乔乔与我反复商讨，最后在我的人中位置贴了两撇小胡子，这种亦正亦邪的造型给我的表演留下了充分的发挥余地。此外，我多年在戏曲舞台上的古装戏底子也对我塑造这个角色起到了很大的作用。

这部戏拍得很艰苦，在四川西岭雪山拍摄时非常冷，冻得嘴都张不开，每次拍戏，我都得在袜子外面套一个塑料袋，再穿上靴子，可是没拍多久，靴子里就渗进了冰水，但我们还要坚持拍摄。

在雪山上拍吃烤肉的戏时，为了视觉效果，我们用的都是烤得半生不熟的牛肉，拍完吃肉的镜头后，我们马上吐出来。

由于拍摄任务紧，那一年的春节，我是在剧组度过的。最后一场武林盟主大会的戏是在无锡影视城拍摄的，拍了 10 天，武打都是我自己上阵，吊着钢丝从空中被打下来，重重地摔在地上，气都喘不过来。

我在这部剧中有九集的戏，小说中人物写得完整，电视剧也表现得很完整。

花铁干从在雪山的第一次说谎、吃人肉，到回到中原后，为掩盖恶行指使他人散布流言、对汪啸风的教诲，以及盟主大会上谎言被揭穿后

凶相毕露、欲杀人灭口等，非常完整地表现了他从一代大侠堕落为卑鄙小人的过程。

我努力表现花铁干在误杀义弟刘乘风后的悲痛、在义弟坟前的信誓旦旦，以及第一次吃义兄的肢体时，眼中的点点泪光——可是他第二次吃就显出了麻木的表情。他在挖义兄、义弟的坟时，听到水笙的劝阻也曾有过瞬间的犹豫，但为了生存他还是做出了令人不齿的事。回到中原后，为了不使自己的恶行被揭穿，他千方百计要杀掉水笙，表面上他在众人面前袒护水笙，暗中却指使人散布流言败坏她的名声，逼得她自尽。在盟主大会上，面对揭穿他谎言的狄云和死而复生的水笙，他再次求饶，说出心底的忏悔，最终他被狄云杀死在自己的枪下，实现了他在刘乘风坟前"不能为义弟报仇必将死在自己枪下"的诺言，结束了罪恶的一生。

花铁干从一代大侠堕落为卑鄙小人令人痛惜，我也在其中经历了脱胎换骨的角色历练。

虽然拍戏吃了不少苦头，但该剧在大陆播出后，受到了广大金庸迷和观众的支持和热捧，2009年还在台湾高点电视台播出。有观众看过这部剧后在网上说要追杀我，觉得这个角色太可恶、太坏了。我所塑造的角色能得到观众这样的认可，我感到很欣慰。

也许是这次饰演花铁干让我过了一把武侠瘾，演技也经历了刻苦的磨炼，所以我至今仍有深深的武侠情结，希望能多演一些武侠剧的艺术形象。

"猴子"变成"太上老君"

2003 年，我拍电视连续剧《连城诀》时，肖岗先生对我塑造的花铁干给予了充分的肯定和赞赏。当时，肖岗先生是古装神话剧《欢天喜地七仙女》的出品人，这部古装神话剧是根据中国经典民间传说《天仙配》改编的。肖岗先生特别热情地邀请我在这部剧中扮演太上老君。

《天仙配》是我喜爱的作品。早在 20 世纪 50 年代，就已有石挥导演，严凤英、王少舫主演的戏曲电影《天仙配》，我看了无数遍，这部

阚卫平导演正是看到我扮演的太上老君，才决定由我出演《吴承恩与西游记》！

影片通过引人入胜的情节、精彩的唱段影响了一代又一代观众，让观众对这个古老的民间传说有了深刻的理解，也培养了大批黄梅戏演员与黄梅戏爱好者。

我想，接演《天仙配》中的太上老君，也许是我多年戏曲爱好带来的缘分。

2004年，《欢天喜地七仙女》在无锡开拍。

在人物塑造方面，我把传统戏曲中的神话人物生活化，力图演出太上老君这个天庭尊者的威严、善良、智慧。我的形象不可能像郑榕老师那样拥有高大、魁梧的气势，化装师就根据我的脸型为我设计了仙风道骨的形象，胡子、眉毛全部做了处理。

我一向对古典人物情有独钟，尤其是太上老君，他在《西游记》中与孙悟空有一段有趣的故事。民间传说中的太上老君就是道家始祖老子的化身，我对老子一直钦佩之至，同时我有一种预感，演好这个角色很可能会为我打开另一个戏路。

后来，我的经历确实验证了我的预感——阚卫平导演就是看到我扮演的太上老君的剧照，感觉符合吴承恩老年的造型，才决定由我出演《吴承恩与西游记》的！

感恩与责任：饰演吴承恩先生

> 搜百代阙文，采千秋遗韵，艺苑久推北斗；
>
> 姑假托神魔，敢直抒胸臆，奇篇演出西游。

这是吴承恩先生故居大门上的对联。吴承恩先生，一生未考取功名，终身未能腾达，却留下一部巨著《西游记》，把中国的快乐和智慧带给全世界。

我一直有个心愿——把《西游记》作者吴承恩的故事搬上大荧幕。可以说，没有吴承恩，就没有《西游记》，没有《西游记》，就没有我们章氏猴戏，更不会有我在艺术上取得的成功。有人说，《西游记》像是专门给我们家族写的。曾有一篇报道这么说："孙悟空身上流淌着吴承恩的血液，而六小龄童的身上，流淌着孙悟空的血液。"无论从哪一点来说，我都有责任把这部戏演好，向吴承恩先生致敬，感谢他滋养了中国的猴戏艺术和章氏猴王世家。

孙悟空七十二变，而我要努力做到七十三变。我希望通过自己的努力，拍出这位孙悟空之父的故事。

说干就干，这部剧的剧本最早写于 20 世纪 90 年代，起初名字叫《美猴王之父》，我一直不太满意，又请别人重新写一遍，最后连名字也改为《吴承恩与西游记》。剧本有了，但是要把它真正搬上荧幕，需要一

点点创造各种条件，其中的艰辛曲折，一言难尽。

那时我没有助手，只好独自上阵，找投资，递送剧本，四处奔波，费尽口舌。我不会开车，一听说哪里有投资意向，就立刻坐车赶过去。

有的影视机构接到我的剧本，称先研究研究，却再也没有了下文，甚至连剧本都搞丢了，让我伤怀不已。有的投资方在签约的关键时刻，突然提出荒唐的附加条件，要求由一个五大三粗的投资人饰演唐僧，令人啼笑皆非，无法签约。

路似乎越走越窄，到了山重水复的地步，终于有一天，我的坚持和努力使这件事柳暗花明——导演阚卫平和投资方决定帮助我实现这个愿望！

2005年10月的一天，我与阚卫平导演在淮安第一次见面，为筹划创作全球首部立体电视剧《吴承恩与西游记》，阚卫平导演与制片人许明哲、总策划邹为瑞正在淮安考察。见面后，我们经过沟通达成共识，力争打造一部代表当今中国电视剧水准的富有传奇色彩的戏，弘扬西游文化，振兴猴王精神，把吴承恩的一生搬上荧屏，告诉大家，他为什么要写《西游记》，又是如何写成的。

阚卫平导演眼含热泪参观了淮安的美猴王世家艺术馆后，激动地说："一个演员能够出演吴承恩笔下的孙悟空，这么多年来对作者怀有这样一种深深的情感，让我非常感动，如果《吴承恩与西游记》不是章老师来出演这个角色，我还不一定有这样的激情来拍这个戏。"

在阚卫平导演的努力下，这部戏终于在2007年6月26日正式开机拍摄。那一年，我48岁。如愿以偿的时刻，我没有感到压力，而是感恩和责任。

　　这次能够出演吴承恩先生，是我一生的荣幸。开机时，我郑重地剃了光头，一方面是拍摄的需要，另一方面则是立志拍好这部片子，"从头做起"。

　　我推掉了所有的社会活动，如同当年拍摄《西游记》一样，我要做到像演孙悟空一样，竭尽全力争取完美。

　　从拍摄开机到关机，我没有离开过剧组半步。由于时代变了，我们再也不能像过去拍《西游记》时那样从容不迫、精益求精地"磨戏"，而是要争分夺秒、见缝插针地拍戏，才能不让制片方的投资遭受损失。因此，作为主角，我每天只能睡四五个小时。

　　这部剧，讲述吴承恩先生如何历经磨难写成传世名著《西游记》，吴承恩的故事占剧情的三分之二，西游神话占三分之一。在戏中，我同时饰演两个角色：一个是现实人物——吴承恩，另一个是神话人物——孙悟空。在剧中，吴承恩先生是个幻想狂，他总把身边的人想象成西游中的某个人物。有一场戏是吴承恩跟他一个哥们儿闲聊时突发灵感，觉得那哥们儿加上一双蒲扇大耳就是活生生的"猪八戒"——因此扮演猪八戒的马德华同时也扮演了吴承恩的那个哥们儿。同样，唐僧、荷花仙子、玉皇大帝、如来佛、牛魔王的演员都是一人分饰两角。剧情总是不断地在吴承恩的现实生活和西游故事之间来回穿越，吴承恩每一次"变"成悟空都将故事推向高潮。

　　于是乎，我一会儿是吴承恩，一会儿是孙悟空；一会儿在地上，一会儿到天上，努力像孙悟空"七十二变"。我在二者之间来回穿梭，身心不断分离、融合，有些许挣扎和疲惫。如果说，我身上真的流淌着孙悟空和吴承恩的血液，对这两个角色的演出，是需要虔诚和认真的。

　　我饰演吴承恩的少年、中年到老年，年龄的跨度很大，从 28 岁演

开始时很多人质疑我演吴承恩，没人觉得孙猴子能演大文豪，只有阚卫平导演坚定地告诉我："你一定能演好，而且只有你能演！"试装照一出来，所有人都惊呼："吴承恩就应该是这个样子。"

到 82 岁，常常一天要换三套装。拍戏过程中，每个细节都需要严谨认真对待。我习惯在头天晚上找第二天拍戏的搭档对戏，这让有的年轻演员深感意外："章老师，您是大艺术家，还需要对戏？跟您拍放心。"有的年轻演员稍有懒惰，耽于安逸，我也不依不饶。一部戏，需要大家都投入进来，团体协作，才能达到良好的效果。

在《吴承恩与西游记》中，吴承恩有多场哭戏，这是我真性情的流露，也是让剧中人物立体化的手法。有人认为，让人笑容易，叫人哭难。因此拍起戏来，有的演员哭不出来，导演会同意演员利用眼药水刺激眼睛，以此达到流泪的效果。我不太认同这种做法，我认为这是演员不负责任，没有完全发挥演艺水平的表现。轮到我要"哭"了，我认真酝酿情绪，不管远景还是特写，都一样投入地哭，直哭得周围的人也跟着抹眼泪。

人过于认真，就难免给人笨拙的印象，但我知道自己拍戏从来不靠什么讨巧的"聪明"，只是用心、用心、再用心，只要能够拍出精彩纷呈的好戏，即使叫我一百声"笨蛋""傻瓜"，又如何？

在这样认真到笨拙、简单又执着的努力下，我终于在 5 个月零 5 天后顺利完成了《吴承恩与西游记》的拍摄，等待着观众对这部戏的最终评定。

在这 5 个月零 5 天的时间里，我一有时间静下来，就会一个人待在吴承恩纪念馆里，思路回到几百年前，遥想吴承恩先生在当年简陋的条件下，如何历经种种磨难，写下如此鸿篇巨制。每每念及此处，我不由百感交集。

致敬戏曲大师王瑶卿先生

我的老师、《西游记》副导演荀皓先生的父亲——荀令香先生，他在世时就开始筹备《荀慧生》的剧本，直到 2005 年 10 月开拍。

《荀慧生》开拍前半年，我接到了导演夏钢的电话，我聊了聊自己对著名京剧表演艺术家荀慧生的认识和感受，夏导当时就表示希望我们能有机会合作。

过了几天，任执行导演的荀皓先生通知我，夏钢导演请我扮演四大名旦的老师——王瑶卿先生。王先生青衣、刀马、花旦样样精通，在梨园界被尊为"通天教主"。我过去在剧团学的是武生，按说我应该扮演国剧宗师杨小楼先生，但我的形象、气质与杨小楼相差甚远，而张光北的形象很接近这个人物。于是，经过角色调整，我被选定扮演王瑶卿，张光北被选定演杨小楼。

我本人与王瑶卿先生气质上比较接近，但还是要很认真地做到形神兼备。例如，我的眉毛比较粗，而王瑶卿先生的眉毛很秀气，虽然大多数观众对王瑶卿先生的外貌不是很熟悉，也不会去注意他的眉毛，但作为一个演员，还是应该认真地进行艺术创作。我与化装师商量后，没有让化装师剃眉毛，而是一根根地拔掉，拔完之后周围的人看到我，都觉得很奇怪。

另外，王瑶卿先生的脑门比较宽，为了让我的外形尽量贴近角色，我前面的头发被剃掉一圈儿。作为演员，为了贴近角色付出形象上的牺牲是很正常的，但难免会引出一些笑话。当时我正好要随中央电视台到国外演出，我这副形象，外国人看到后都很惊奇。

这部戏在北京电影制片厂、大兴摄影棚等地拍摄，时值严寒，条件艰苦，大家脸都有点冻僵了，但每个人都在认真地创作角色，大家的目标是既要省钱又要拍出一部艺术精品。

通过全剧组人员的努力，该剧获得业内人士和观众们的认可，分别于2007年荣获第二十六届中国电视剧飞天奖优秀长篇电视剧二等奖，2008年荣获第二十四届中国电视金鹰奖长篇电视剧奖。

在电视剧《荀慧生》中饰演我一直心仪的、四大名旦的老师——王瑶卿先生

徒弟成师父

多年来，我一直有个心愿，就是扮演被联合国教科文组织誉为世界文化名人的玄奘大师。

玄奘大师是《西游记》中唐僧的历史原型，被世界人民誉为中外文化交流的杰出使者，其爱国及护持佛法的精神和巨大贡献，被鲁迅誉为"中华民族的脊梁"、世界和平的使者。他以不畏生死的精神，西行取佛经。他的足迹遍布印度，影响远至日本、韩国以至全世界。玄奘的思想与精神如今已是中国、亚洲乃至世界人民的共同财富。

我自从扮演了美猴王孙悟空之后，就对玄奘法师产生了深深的崇敬。2006 年 11 月参加中央电视台"玄奘之路"印度段的考察时，我就已经开始关注玄奘大师传奇的取经伟业。2008 年 4 月 25 日我在洛阳被偃师市领导聘为"玄奘故居纪念馆名誉馆长"，从那时起，我就开始在海内外的大、中、小学及幼儿园宣扬玄奘大师的精神。没有玄奘大师西行取经的传奇经历，就没有吴承恩先生的《西游记》这部神话小说，玄奘和吴承恩是我最推崇的两位先贤。一生做好一件事，玄奘大师西行取经历时 17 年，我拍央视版电视剧《西游记》前后也历时 17 年，这是一种神奇的缘。

与玄奘法师相关的活动我参加了很多，与玄奘法师相关的内容资料，我也一直注意搜集。从玄奘法师的故里河南偃师，到玄奘法师出关的甘肃瓜州，以及玄奘法师在印度期间学习的那烂陀寺、在尼泊尔走过的路线，还有玄奘法师回国后译经并圆寂的铜川玉华山、存放玄奘法师经书的西安大雁塔……我都专程去过，并且每到一地都会祭拜玄奘大师。我还和当地政府合作，分别在陕西铜川玉华山和甘肃瓜州建立了六小龄童艺术馆，把我收藏的各国各年代不同版本的玄奘大师的传记、玄奘大师翻译的经书以及《西游记》相关的所有物品都无偿捐赠给艺术馆。影响很大的一次是 2013 年 4 月 10 日，埋有玄奘大师灵骨的西安兴教寺面临拆迁，我第一时间发声呼吁保护，从而引发了社会各界对此事的关注，最终在各级有关领导的指示和大力支持下，成功保住了兴教寺这一历史名胜，被媒体称为"500 年后，还是大师兄保卫师父"。

正因为有了对玄奘法师足迹的了解和体会，2017 年 10 月 15 日，在文艺工作座谈会三周年之际，玄奘大师西行取经 1390 周年纪念庆典暨《重走玄奘路》纪录片开机仪式在甘肃瓜州县玄奘取经博物馆举行，我担任总制片人、总导演并出演玄奘法师，多年的夙愿终于得偿。我也被媒体誉为"徒弟变师父""从斗战胜佛到旃檀功德佛""从大圣变大师"。观众们留言说"古有玄奘大师西天取经，今有徒弟东方传经"，我则认为自己没有经，是在传师父的经。

从 2018 年 1 月 12 日开始，《重走玄奘路》点映礼已陆续在上海图书馆、辽宁大学、辽宁石油化工大学举行。《重走玄奘路》第一季自 2018 年 1 月 28 日起陆续在中国教育电视台四套、厦门卫视、陕西卫视、青海卫视、四川卫视、福建教育电视台、黑龙江农垦广播电视台农业频道等 25 个地方电视台播出，还将在印度、马来西亚、日本等海外电视台进行转播。

《重走玄奘路》第一季的同期书《〈重走玄奘路〉图文集》（上下

《重走玄奘路》同名书籍和首日封

册）已由北方出版传媒（上海）有限公司联合春风文艺出版社、机械工业出版社出版发行，2018 年 1 月 11 日在"2018 北京图书订货会"上举行了首发式。本书是对纪录片的文字上的沉淀，也是思想上的升华，书中有大量珍贵资料，图文并茂。此外北京美猴王生肖邮局还出版了两张一套的首日封，《重走玄奘路》的 DVD 光盘也已出版发行。

《重走玄奘路》主创已于 2018 年 5 月 1 日受邀参加 7 月 15 日在加拿大温哥华举办的第六届温哥华中国电影节，该片将在电影节开幕典礼

我扮演玄奘大师的照片发布后，
得到了社会各界的一致好评

上放映。

六小龄童能扮演玄奘法师？很多人都难以想象。在此之前，观众们很难把我这样一个扮演美猴王孙悟空的演员，和当年集毕生精力取经、译经、传经的唐朝高僧玄奘法师联系起来。然而，当我扮演玄奘法师的照片对外发布之后，却得到了社会各界的一致好评。我也为这个角色下足了功夫，不仅仅是外形，包括玄奘大师的眼神、举手投足，我都是反复揣摩之后，再呈现在镜头面前。我们拍摄纪录片的过程中，还去了玄奘法师的家乡河南洛阳偃师市缑氏镇陈家村，与玄奘法师家族的后人见面，我扮演的玄奘法师也得到了他们的一致认可。

为了演好玄奘大师这个角色，我对玄奘大师的眼神、
举手投足，都进行了反复揣摩

　　这让我想起自己的很多经历，且不说我扮演美猴王孙悟空时只是一
个学员，并没有在任何电视剧中表演的经验，就拿吴承恩、周恩来、鲁
迅、花铁干、青年教师程志等我扮演过的角色来说，无一不是在面对诸
多质疑的情况下，最后扮演成功并得到大家认可的。在此之前，大家因
我扮演的孙悟空形象已经形成了思维定式，认为我只能扮演孙悟空。

　　我去学校讲课，一开始也没有人可以想象——孙悟空连坐都坐不住，
怎么能给学生们演讲？可是后来去学校演讲之后，才发现大家都很欢迎。
如今，我已经走遍了全球近千所院校。

　　人生需要有梦、追梦、圆梦，通过努力不断突破自我，正如《西游
记》里的师徒四人一样，克服千难万险，最终求取自己人生的真经。

我的"财迷"故事

2016年年底，我应麦丹影视（上海）有限公司的邀请，领衔主演了院线影片《财迷》，饰演了一个平凡的小人物——菜农郝鲲鹏。

《财迷》是部温暖的喜剧，故事主要讲述了偶然的一次机会，郝鲲鹏为了女儿炒股，却一夜乍富，从穷得叮当响的菜农，摇身一变成为众人追捧的股神。因为把钱放在银行不踏实，郝鲲鹏想了很多办法，包括易容乔装变身老太太，将千万现金都取出来藏在密室里，不料却被老鼠偷啃，无奈搬金钱龟镇压，乐此不疲。郝鲲鹏的命中克星朱首富见钱眼开，设圈套要敲走他一半钱，并陆续采取雇假律师、做假金牛的方法来敲诈。因郝鲲鹏一心盼女回家，遭朱首富算计，在绝望中被沙大海和唐老板点化。

在这个故事里，通过令人捧腹的喜剧设置，进行人性深处"爱和钱到底哪个更重要"的价值探索。通过一位财迷父亲对女儿的爱，折射出当今时代人们的不同求财观，在捧腹爆笑中表现了人性的贪婪、道德失守、金钱绑架爱情等社会现象，最终又给出了充满希望和正能量的引导。通过这部电影，我们倡导"求财而不恋财，爱财而不贪财"，钱不是万能的，这个世界上有比钱更重要的东西，那就是"情"。

这部戏的导演董董，是位专业而又干练的女士，在浙江宁波、江苏淮安两地的拍摄过程中，我们做了很愉快的沟通与合作。这次除了我，

我在剧中扮演的父亲虽然是个财迷，但却很爱女儿

导演还邀请了我的几个老哥们——汪粤、马德华、刘大刚一并参与演出。
这是我们四人第一次在《西游记》之外共同参与一部电影的演出，深感
机会难得，大家都想努力塑造好各自的角色并让观众认可。

　　《财迷》摄制组的编、导、演、服、化、道等各工种人员配合默契，
精诚合作。演我女儿郝元宝的李静、乐乐（童年）都在片中有出色的表现。

　　温情喜剧电影对我来说是一次挑战，也是一种尝试。虽然拍的是喜
剧片，但我不会用夸张的肢体动作和语言去表现，而是用真情实感来打
动观众。我常告诫年轻人要"苦练七十二变，笑对八十一难"，就是要
年轻人去做适合自己、自己能够胜任并有把握去做好的事。

　　《财迷》于 2016 年 11 月 8 日正式在宁波开机拍摄，我于 11 月 29
日晚到摄制组报到，从 11 月 30 日开始一直在紧张拍摄中。2017 年 11
月 25 日起在江苏省淮安市淮安区补拍，11 月 29 日顺利杀青。作为男

《财迷》剧组里，我的"师父"汪粤和"师弟"马德华、刘大刚都到齐了

主角，我的戏份很重，除了 2016 年 12 月 4、5 日返京参加"《西游记》主题音乐会"之外，一直在摄制组拍戏，经常要从早晨拍到晚上，有时还要带病在冰雨下拍夜戏，非常辛苦。在淮安补拍时夜戏很多，每天都要拍到很晚甚至凌晨一两点才收工，第二天早晨很早就要起来化装继续拍摄。虽然很辛苦，而且是在寒冷的冬天，但我会在拍戏空隙抓紧时间休息，以便拍戏时始终保持精神饱满的状态。

为了这个角色，我用了很长时间琢磨，首先是把自己之前演过的所有作品都找出来重新梳理了一遍，其次是去菜市场留意菜农的一举一动，还特意看了股神巴菲特的很多报道作为参考，又向炒股的朋友请教了相关知识。

电影拍完后，我与汪粤、马德华、刘大刚多次观看样片，导演也多次向我们征求修改意见，一直在不断推进。2018 年 4 月 15 日晚，我与汪粤、马德华、刘大刚、董董导演共同参加了第八届北京国际电影节开幕式红毯及开幕式晚会。当我们师徒四人身着统一样式的红色西装亮相红毯时，立刻引起了现场观众的欢呼，"大圣""二师兄"等亲切的称呼不断响起。参加这种国际电影节很少有主演们穿同一种颜色的服装出场的情况，我在接受采访时开玩笑地说我们是北京乒乓球队的。人民网、新华网、凤凰网等各大媒体对此进行了报道，引起广泛关注，预计电影将在暑期与观众们见面。

我们师徒四人身着统一服装，与导演董董一起亮相
第八届北京国际电影节开幕式

日常生活中，我从不炒股，也不懂理财。不过说起"财迷"这两个字，我倒是想起自己的很多故事。可以说我就是一个资深的"财迷"：没有别墅，没有豪车，生活随意、简单，很多时候出门打车遇到出租车司机师傅，他们往往会惊讶地问我：原来章老师住的不是别墅？

我目前住在离我最钟爱的收藏场所潘家园旧货市场很近的小区，便于淘藏品。我认为，房子大小不重要，够住就好。

至于车，因为我近视眼，性子又急，根本不会开车，家人为了安全也不让我开，平时只有太太一个人出门需要用车，所以就简单买了一辆。我平时出差工作，基本都是坐出租车或者地铁。参加《重走玄奘路》图书首发仪式时，为了避免堵车，我还体验了一回骑共享单车，感觉也很方便。

我在节目中说过："一无所有时坚持，该有都有时淡定。"平时吃饭我也很注重节俭，不会刻意注重排场，还经常去帮妻子买菜，把找回来的零钱积攒起来，留到需要用的时候花出去。身边很多人经常问我：章老师，现在生活好了怎么还这么节省？我觉得这是一种习惯，从小家里有六个兄弟姐妹，在"文革"那个特殊的年代家庭生活较困难，所以从小到大我都很注意各方面的节约，能不浪费就不浪费，我的父亲母亲、哥哥姐姐们也都是如此。即便生活好了，我也这么教育自己的女儿。每次在外吃饭，我会根据自己的食量点餐，有吃不完的就打包回家。

不过，我这个"财迷"也有浪费的时候，那就是收藏我中意的藏品。有的时候觉得价格有些贵，但看好了那件藏品，就会尽量买下来，并且觉得很开心，也很有价值。每当听朋友说，某某明星家多么辉煌、多么漂亮，我就会想起我在江苏淮安、上海、陕西铜川、甘肃瓜州等几个地方的艺术馆，以及2016年2月2日因"最大规模的《西游记》纪念品收藏"

而获得英国吉尼斯世界纪录，并为此感到欣慰与骄傲。这么多年来，我把节省下来的积蓄，全部用在了收藏跟《西游记》相关的艺术品上，并把它们放在艺术馆里，供海内外的游客参观。

我认为如果能把艺术追求、人生道路、业余爱好有机地结合在一起，或许是一个最佳选择。

．．．

虽然演了那么多角色，但是我还是要说，孙悟空这个形象，无疑是我所有艺术形象中的珠穆朗玛峰，没有一个角色的影响力和喜爱度能跟美猴王抗衡。有一位观众说得很有意思："我看你演孙悟空以外的人物的时候，是平视，看你演孙悟空的时候，是仰视。"有人问我："你有没有信心超越孙悟空的辉煌？"我说没有。我演过那么多角色，这些角色都很不错，甚至也因为饰演这些角色得过不少大奖。但是，这些角色都无法超越我演的《西游记》中的孙悟空。因为《西游记》本身是世界神话名著，在中国乃至世界都是遥遥领先的，孙悟空是个大智大勇的神话英雄，还有哪一个人物能够与孙悟空相比呢？他老少咸宜，雅俗共赏，是不同国家、不同人种、不同政见的人都可以接受的人物形象。因为演成了孙悟空，我一生无憾，即使其他任何事情都不做。

我的综艺首秀

2018 年年初，我首次参与录制了一档国内很有名的综艺真人秀节目——浙江卫视《王牌对王牌》，并在春节期间取得了全国收视率第一的成绩，引起了极大的轰动。

六小龄童参与录制综艺真人秀？没听错吧？这是我的很多影迷的第一反应。因为在此之前，我对综艺节目其实一直有些不习惯，我是个传统的人，这么多年也参加了很多节目，但大都以常规的访谈节目为主，大家叫得出名字的媒体也都对我做过采访。我认为：首先，虽然已经接受过各大媒体无数次的访问，但每一次访问我都很珍惜，也很重视。每一次访问都凝聚了几十位节目组工作人员的心血，我想尽自己最大努力把每一次访问做好，让观众在看节目的同时，还可以有一些正能量的、积极向上的感悟。其次，作为一个公众人物，我有社会责任，我想通过节目向大家传递好的理念和想法。甚至我讲的每一句话，都要为之负责，因为很有可能电视机前的观众会因为我的某句话而改变自己的人生。

我说话节奏快，每次录节目时都想多说一些内容，但往往编导出于收视率的考虑会剪掉很多，只保留重复了多次的关于拍《西游记》的内容，令观众感觉虽然我录制了很多栏目，但内容重复，我也因此不想再参与这类栏目的录制了。

但凡为我做过节目的人都知道,每次我给他们的素材都足够做好几期的。我也因此认识了很多栏目组的主持人朋友,像大家所熟知的朱军、曹可凡、撒贝宁、杨澜、鲁豫等,他们做的栏目都很优秀、很知名,每次节目播出后观众也都特别满意。每一次为我做的节目和访问,我也都会保存下来。

2012 年 11 月,我与央视版电视剧《西游记》剧组的部分演职人员参加了凤凰卫视中文台《鲁豫有约》栏目的录制。2017 年 9 月 28 日我在上海六小龄童艺术馆参加"纪念绍剧艺术大师七龄童先生逝世五十周年暨'章氏猴戏'创立七十周年"大会时,《鲁豫有约》栏目

2018 年 4 月 13 日,在我 59 岁生日的第二天,录制《鲁豫有约一日行》

2015 年 9 月 19 日，我第二次受邀录制《开讲啦》

组专程前去拍摄，但因方方面面的原因节目没能及时制作播出。2018年 4 月 5 日，我与《鲁豫有约一日行》的多位编导共同进行了沟通、洽商，确定了节目的拍摄内容与方式。4 月 13 日在我 59 岁生日的第二天，栏目组专程到潘家园旧货市场跟拍，完成了节目的录制工作。这期节目播出后得到了观众们的关注与支持，上了微博热搜，有些话题还成为热门话题。

应上海唯众传媒的制片人张光维先生的邀请，我曾于 2014 年 1 月、2015 年 9 月两次参加了央视一套的名牌栏目《开讲啦》的录制。2014年那期节目播出后创下了该栏目有史以来的最高收视纪录，该纪录至今没有被打破。

综艺节目就不同了，在我的印象里，综艺真人秀节目往往是通过边吃边聊、展示厨艺、做游戏等方式来设置环节，我觉得这种节目不太适

《王牌对王牌》栏目组特意邀请了我曾待过三年的
浙江昆剧团的学员们表演昆剧《真假美猴王》

合我。因此，很多次真人秀节目组来找我的时候，我都会敬谢不敏。这
次我能参加综艺真人秀节目，出乎所有人的意料，主要原因，我想还是
节目组的诚意打动了我。

《王牌对王牌》的总导演吴彤先生才思敏捷、工作作风干练，做过
很多观众喜欢的名牌综艺栏目。他先是通过工作人员向我发出邀请，他
本人更是随后亲自飞到北京，与六小龄童工作室的项目总监冯伟杰洽谈
节目录制意向和初步方案，紧接着又赶往上海和我见面。当时我正患感
冒，节目组与我进行了充分的沟通。然后，双方又一起加班加点，最终
促成了我的综艺首秀。

这个过程说起来简单，但我深知，对我和栏目组来说都不容易。
浙江是我的家乡，家乡台的节目我一直都在关注，所以这次决定参与

82版《西游记》里的很多演职人员在《王牌对王牌》
节目中再度聚首，令很多观众感慨落泪

节目录制，一方面是因为抱着对家乡的热爱和责任，另一方面则是因
为工作人员告诉我，他们会确保节目录制过程中不会有恶搞乱来的环
节，以传递正能量为主。在上节目之前，我心里一直忐忑不安，但整
个节目录下来，我惊讶地发现栏目组邀请了我曾经待过三年的浙江昆
剧团的学员们表演昆剧《真假美猴王》，他们还邀请了央视版《西游记》
的很多演职人员，有摄像师王崇秋、第一任"唐僧"汪粤、猪八戒扮
演者马德华、《西游记》续集沙和尚的扮演者刘大刚、玉兔精扮演者
李玲玉、玉皇大帝扮演者王卫国、观音菩萨扮演者左大玢、如来佛祖
扮演者朱龙广、哪吒扮演者杨斌……现场让我感动到流泪。参与这个
节目的两队嘉宾都是当红的青年演员，他们也纷纷通过自己的方式，

表达了对经典的崇敬之情。因为我是第一次参加综艺节目，他们在录制过程中都对我格外照顾。还有《王牌对王牌》栏目组的所有工作人员以及浙江卫视的领导，都对这次节目的录制给予了高度重视，在此一并感谢。

对于综艺真人秀，只要节目立意好，就会受到观众的喜爱。我作为主嘉宾的这期节目一直在重播，观众们每次看到还是会被感动。我发现只要把我的感受与观众交流，综艺节目也可以做得很好。

其实我自己一直都有一个最想做的综艺节目，一直在选择合适的合作方，那就是《海选猴王传人》。

我出身于猴戏世家，在我成功扮演美猴王孙悟空并赢得观众的一致认可之后，很多人都在关注我的传人问题。大家也都知道，我自己只有一个女儿，没有儿子，女儿也不喜欢表演行业。

在我看来，演孙悟空的好苗子，生理条件和心理素质都很重要，还要考察对《西游记》小说的理解以及对猴戏艺术的热爱程度。孙悟空的演员起码不能太胖，有的小朋友很胖，那就不适合演孙悟空了，我开玩笑说演我二师弟可以。还有就是个子，这让我想起姚明先生，我有一次跟他见面聊天，我说你适合在我们《西游记》里面演个角色，他问我演什么，我说你演巨灵神行。这就像让我去打篮球不合适一样，一定要适合才行。

此外，演孙悟空的演员在脸型、五官等方面也都有一定的要求。脸太圆的话，演孙悟空不合适。再一个是眼睛，孙悟空是火眼金睛，这个眼神更重要，如果演员是个小眼睛，他再怎么演，这个神也没有了。还有性格，有的人性格很内向、不张扬，也不适合。

我父亲常讲，猴戏不姓章，它属于中国，属于世界。我欢迎所有的小朋友，只要有一定的条件、自己愿意付出，我都可以教，没有什么"传内不传外，传男不传女"的说法。也希望早日有条件合适的合作方，与我一起完成《海选猴王传人》这个综艺节目。

我的多重身份

2017 年 12 月 16 日，我有幸获得了 2017 年国剧盛典十周年唯一的"终身成就巨匠"大奖，这也是我从 2015 年起继获得中国艺术家协会、马来西亚世界杰出名人榜、品牌中国产业联盟、美国纽约州政府参议院、美国林肯艺术中心与纽约文化局及美华艺术协会联合颁发的"终身成就奖"后，第六次获得此奖。

以前我总认为"终身成就奖"是颁给八九十岁的老艺术家的，我的年纪并不大，这些奖像五行山一样压在我的身上，但也是对我的鞭策与鼓励，感谢这个时代，感谢生活。

在《西游记》故事里，美猴王孙悟空有着诸多头衔称呼——齐天大圣、斗战胜佛、孙行者，在取经路上，他变成过各种各样的角色。而现实生活中的我，同样获得了一系列的头衔和各种各样的角色。

其中，"著名表演艺术家"这个身份，在我出席很多场合时被介绍得最多，我也最喜欢这个身份，因为我本身就是一个演员。此外，还有中宣部"四个一批"人才、中央电视台国家一级演员等一系列称呼。

在我东奔西走，弘扬以西游文化为代表的中国优秀传统文化的过程中，我先后被聘为中国人民大学、云南师范大学、延安大学等多所学校的荣誉教授。我也因为在传播西游文化方面的贡献而陆续担任了中国西游文化研究会副会长、吴承恩纪念馆荣誉馆长、吴承恩中学荣誉校长、

我在安徽卫视2017年国剧盛典上领取"终身成就巨匠"奖。
观众的推崇和认可，令我感慨不已

英国中华传统文化研究院荣誉院长、英中文化友好使者、法中文化大使、日中儿童友好协会荣誉主席、泰中文化艺术交流协会永远名誉主席、越中文化体育旅游形象大使、缅中友好文化大使等社会职务，并获得加拿大"杰出华人艺术家"称号。

此外，我还是一名业余作家。著有《六小龄童·猴缘》，海燕出版社出版的《金箍棒的秘密》《"孙悟空"的成长日记》，机械工业出版社出版的六小龄童丛书系列（包括《六小龄童品西游》《听孙悟空说西游》《西游记（典藏版）》《〈重走玄奘路〉图文集》），以及这本自传《行者》。

现实生活中，我也是一名业余收藏家。除了建了几座艺术馆、图书馆之外，我还因为连续多年坚持收藏与《西游记》相关的各类艺术品，于 2016 年 2 月 2 日获得"最大规模的《西游记》纪念品收藏"的英国吉尼斯世界纪录。

此外，我还获得了"2016 年度世界气象日公益形象大使""讲好中国故事文化交流使者""中马文化形象大使""印中文化交流大使""全印度比丘僧伽会副秘书长"等荣誉和称号。

我想细致说一下的是，2017 年 12 月 2 日在安徽芜湖第五届中国国际动漫大会举行的"一带一路：六小龄童与西游文化"产业高峰论坛，我被聘为本届大会的"文化形象大使"和论坛组委会名誉主席。这次论坛是我参与过的唯一一个以我个人名字命名，旨在探讨我的艺术生涯和如何发展西游文化产业的一次论坛。也有各界的一些好朋友来参加论坛：第一任"唐僧"汪粤、《西游记》续集中的沙和尚刘大刚、电影《财迷》导演董董、北京杜莎夫人蜡像馆总经理王锐、北京长江新世纪文化传媒有限公司常务副总经理孙硕、动画导演徐东、陕西铜川玉华宫管理局副局长周会英等分别发言阐述了自己的观点。

　　对于这些形形色色的荣誉，我既重视，又"不重视"。我之所以重视，是感谢各界人士对我的关注和支持，每一个奖项和荣誉称号的背后，都是亿万观众对我的支持，我深感任重而道远。我之所以"不重视"，是因为我在人生与艺术的道路上不会止步不前，更不会满足于过去已有的成绩，我会继续塑造更精彩的艺术形象，奉献给作为良师益友的海内外观众们。

参加"一带一路：六小龄童与西游文化"产业高峰论坛。推动西游文化在全世界的传播，是我乐此不疲的事业

行者无际　筋斗云

猴戏不应该姓章，它属于全世界

2015 年 7 月 4 日在中国常驻联合国
教科文组织总部门前

进校园，就像回到花果山

2004 年，时任中国农业大学校长的陈章良先生邀我去讲演。我自己的学历只是大专，接到中国农业大学如此高级学府的邀请，我诚惶诚恐，对陈章良先生坦言相告："我一个普通演员，去和同学们讲什么呢？"陈章良先生回复得很快："我们请您过来，只要您简单讲讲您的拍戏经历，您的艺术和人生体验就行了，同学们都会喜欢听您讲的。"

我和妻子商量了一下，最终决定去。2004 年 4 月 25 日，我做客由中国农业大学研究生会承办的"艺术人生"系列活动之首场讲演。当时我穿着黑色西装、红色衬衣，讲演现场的背景是一幅同学们画的孙悟空像。

一进讲演现场，同学们掌声雷动，我向他们鞠躬致谢。我告诉同学们，其实我到学校，是向各位同学学习的，因为同学们都是天之骄子，都比我厉害，我连大学都没念过。我还和同学们分享了自己从艺的经历、对表演的认识、拍戏的经历和故事、对人生的感悟……

我没有想到，现场同学们居然听得津津有味。我从台上往下看去，上千名大学生正在用兴奋的眼神盯着我，目不转睛。那一刻，我突然意识到：这是我人生中的另一个舞台，在学校给同学们讲演，不正是传播西游文化和猴王精神的一种方式吗？

校园是我第二个花果山

从那以后，我便经常接到各个学校的邀请。粗略算算，从2004年到现在12年的时间里，我已经去过全球800多所学校，遍布中国内地、中国香港、越南、泰国、新加坡、英国、法国、美国等多个国家和地区，即便按每场1000人来算（实际人数远不止），听众人数也突破了100万人次，包括大学、中学、小学，甚至幼儿园。2016年3月25日和27日，我还分别登上了世界最负盛名的学府哈佛大学和麻省理工大学的讲台，相当于为我长达12年的西游文化校园行做了一个完美的小结。

每次去学校讲演，讲台的两边都坐满了同学，让我有种回到花果山的感觉。在每次讲演中，我会和他们分享很多面对困难、克服困难的心得。渐渐地我还将自己的一些人生体会总结出来，比如大家最熟悉的"苦练七十二变，笑对八十一难"，就是我多年艺术生涯的一个总结。

当我把这些感悟分享给千千万万个同学时，他们都很有共鸣。我每次也会和同学们进行互动交流，他们有什么问题，都可以随时问我。我发现，同样一句话，我说出来，和其他人说出来，效果居然大不相同。一名大三同学曾经在现场告诉我："章老师，您说的这些道理我们都听进去了，以前家长、老师也和我们说过，但只有您说的我们才爱听。"

我还注意到，给大学生们讲演，不能太严肃，不能讲很多枯燥的内容。我经常和同学们逗趣儿，开一些小玩笑，活跃下气氛。我称我的讲课是"讲演"，意思就是先讲后演。先和同学们分享，再和他们互动交流，最后再给大家表演一段猴戏猴棍。

我也经常会遇到听过我讲演的同学，他们有的已经工作，结婚生子，有的远赴海外继续深造，当他们再次见到我时，激动之情溢于言表："章老师，我们不仅是看着您演的戏长大的，而且也是听着您的讲演成长起来的。"

请为美猴王留下一片爱情净土

"孙爷爷，取经路上，孙悟空有几个妖怪女朋友啊？"

有一次我去幼儿园讲演，一个小男孩很认真地问我这个问题。

每次听到这些天真的问题，我的心就会流血。在我心里，《西游记》和孙悟空是很神圣的。恶搞《西游记》，普通人也许一笑了之，但对我来说不是。

拿祖宗开涮，票房越高危害越大

2000 年前后，国内出现了一批恶搞《西游记》的影视作品。这些西游题材的影视作品以颠覆为主，有的只是借用了西游的背景框架或人物设定，与小说原著并无实质关联。

在这些作品里，孙悟空再也不肯安安分分地取经，而是和一些妖精产生了感情纠葛。白骨精叫孙悟空"空空"，孙悟空叫白骨精"精精"；有一部剧对玄奘法师直呼其名，并且给他找了个女朋友。每当看到这样的情节，我的内心就无比痛楚。玄奘法师这样一位历史先贤，唐太宗称之为"千古完人"，鲁迅先生称之为"中国的脊梁"。我们后人有什么权利去戏说、恶搞他？越来越多的西游题材影视剧开始恶搞，毫无尺度

地戏说，到后来，连猪八戒和沙和尚也不闲着了，也有了女朋友。——师徒四人，每一个人都有女朋友的话，还能取回真经吗？

而在海外翻拍的各种《西游记》中：日本版的唐僧由女性扮演，孙悟空像个大猩猩；2011年韩国版《西游记归来》的结局竟是孙悟空死了；而2009年德美合拍的《美猴王》更是剧情雷人，观音和唐僧居然谈起了恋爱……

这样人妖不分、是非颠倒的价值观，怎么能够通过影视剧冠冕堂皇地传递给学生呢？对名著的改编、演绎和拍摄，从业人员心中应该有一条道德底线，这条线也存在于观众心中。尤其是目前大陆影视作品还没有分级制，成人分得清原著和搞笑，但是三亿四千万少年儿童呢？这些恶意搞笑核心价值的影视作品，收视越好、票房越高，其危害越大。

践踏恶搞文化是可耻的

有评论说：现在中国的学生喜欢这些娱乐恶搞《西游记》的作品。

我不信这个邪，每次在校园讲演时，我都向同学们提出恶搞《西游记》的问题，问问他们怎么看。同学们每次都鸦雀无声，低头沉思。我发现，他们对中国优秀的传统文化有着骨子里的热爱，从未真正喜欢过那些恶搞名著先贤的作品。

在一些国家，如果有人进行这样的恶搞，这部戏的主创人员是要出来向全国人民道歉的。

每次我公开讲这个话题，都会成为各大媒体争相报道的头条。后来甚至有人说我是"戏霸"，"只要有西游题材的影视作品出来，六小龄童就会出来批评"。

实际上，我从未公开点名批评某部戏或某个演员，每次我都是从维护传统文化的层面，去反对戏说恶搞，这也是我多年来一直坚持的艺术理念。我在大学讲演时说过的最重的一句话是：

"一个民族没有自己的文化是可怕的，有了自己的文化不去弘扬是可悲的，而一个民族有了优秀的文化，国人不仅不去弘扬，还去践踏恶搞，这就是可耻的了。"

我只是一名普通的演员，猴戏不姓章，《西游记》属于中国，属于世界。但不管是谁，对古代的先贤、帝王、书画家、文学家都要多一份尊重。我反对拿先祖、名著里的经典人物去开涮，在我看来，这和拿自己的爷爷奶奶父亲母亲开涮没什么区别。

在走进学校讲演的过程中，我深刻意识到，如果说我的前半生是在传承猴戏艺术，那么我的后半生更多的是要去传承与弘扬猴文化，这也是我毕生所要坚持完成的一项伟大事业，如同西天取经一样，我要一步步走完属于自己的西天取经之路。

不练七十二变，难成一代猴王

　　近几年，有媒体报道，不少巨星大腕在西游题材的影视作品中扮演过孙悟空，但很多网友还是认为六小龄童版的孙悟空形象是最经典的、无法超越的。我个人认为，并不能说这些演员的演技不好，他们都是拥有一流演技的好演员。只不过孙悟空这个角色太特殊了，要想塑造好这个角色，除了要接受表演专业的基本功训练以外，还要经过特殊的训练。不练七十二变，是难以演成美猴王的。

　　我所说的特殊训练，首要的秘诀就是必须学戏曲，要从中国传统戏曲文化入手。中国的猴戏是国粹艺术，有绍剧、淮剧、扬剧等艺术风格，各有千秋，手、眼、身、法、步，七情六欲，喜怒哀乐，表现各不相同。

　　章氏猴戏的表演风格从民间而来，吸取了各派猴戏的特长，创造演变为绍剧猴戏。传承到我手里时，因为承载了电视剧表演，所以更注重戏曲艺术的生活化，融入了电视镜头的运用。但是对于人物性格的刻画，万变不离其宗，最打动人的一定是表演，而不是技术。我想，这也正是为什么在高科技如此发达的今天，西游题材的影视剧仍然无法超越1986版《西游记》的关键原因。

　　另一个特殊训练，就是必须请教一位"老师"——猴子。小时候，我们家里就养着很多猴子，比我们兄弟姐妹还多。每天近距离观察它，从认真观察到高度模仿再到提炼升华，结合自己的独特条件进行改良，为艺术形象服务。有时候哪怕只是孙悟空吃桃的一个动作，一个眼神，都有很多讲究，这种训练，需要一生的积淀。

当年在参演电视剧《西游记》之前，父亲六龄童曾指点我八个字："博采众长，独树一帜"。为此我拜访了北猴王李万春、连环画《孙悟空三打白骨精》的鼻祖赵宏本、动画长片《大闹天宫》的创作者万籁鸣、著名作家冰心女士等老一辈艺术大家。其中单单是万籁鸣老先生，我就拜访了不下 10 次，他告诉我："你演电视要红，就要发挥人的表演，并从中国传统猴戏中汲取营养。"我立刻记下了他的这句话。

我感谢时代，感谢生活。1986 版的《西游记》，是天时地利人和的产物，是中国戏曲猴戏艺术传承的产物，凝聚了一代又一代猴戏大师的心血，也是全国最好的导演、演员、美工、摄影等全力配合，才铸就了这个经典，塑造了我这个美猴王形象。

美猴王不是一朝一夕的练习就能演成的，需要长期的积淀。无论塑造任何角色，只有做到不可代替、不可超越，才能算是大师。

我的十万八千里

"您就是孙悟空？"

在远离中国近 1 万公里的英国伦敦，一家名为 Mark Sullivan 的古玩店里，大胡子店主发现我这位红衣客人居然就是他心中崇拜已久的偶像之时，立刻放下手里的生意，手舞足蹈地比画着 1986 版电视剧《西游记》中孙悟空的各种动作，满脸笑容。大胡子店主兴奋之余，还小心翼翼地取出一枚珍藏多年的银币，作为礼物送给我，并祝福道："先生，这枚银币象征着好运。永远祝福您。"

这种情形在我所到之处不知上演了多少次，套用一句已经过时但却再贴切不过的网络用语就是："地球人都知道"，我是演孙悟空的！实际上，我有着很多身份，也扮演过一些不同的角色，但说到底，在大家的心中，我还是"那个演孙悟空的"。作为演员，我一生无悔！

自从我成功扮演孙悟空之后，被世界各地影迷认出来的事情已经成为家常便饭：书店店员、机场安检员、伦敦街头的黑人夫妇、联合国保安、爱丁堡酒店大堂经理和厨师……一个人出名不难，然而像我这样凭借一部电视剧而家喻户晓，在电视剧已经播出 30 年之后，依然能够在万里之外的异国被人一眼认出，连我自己都感到十分惊讶。

《西游记》中的美猴王孙悟空曾经上天入地，遨游四海，结交遍天下。多年以来，我也像孙悟空一样遍访各国，结交了世界各地的朋友。

中国猴王与泰国猴王

还记得我第一次走出国门，是在 1987 年 11 月 5 日，随《西游记》剧组一起到泰国进行 20 多天的外景拍摄和文化交流。那段时光令我至今难忘，我从未想过，《西游记》在国外居然也有那么大的影响力。

有一次我们吃饭时，发现酒店橱窗里有很多铜制工艺品，其中一些是以猴子为原型创作的铜面具。后来我才知道，泰国也有一个猴王的传说，不过化装造型与中国的不一样，演出时，他们都是戴着这种铜面具表演的。我听说后，赶忙跑去买了几件猴子的工艺品带回去收藏。我收藏与猴子相关藏品的习惯就是从那时候开始的。

那一次出访泰国，我跟随剧组去了曼谷、大城府、芭提雅等地取景拍摄，包括大城古寺、芭提雅的海滨植物园，还有曼谷区的动物园等。我们在泰国的拍摄得到了泰国政府、群众和许多华侨的大力支持，他们热情地帮助我们。在第二十四集《天竺收玉兔》中公主招亲那一场戏中，许多泰国群众在导演的安排下载歌载舞，真实地反映出当地的婚俗。《西游记》是第一部宣传泰国的中国影片，在泰国被誉为最受泰国人喜爱的五大中国古装剧之一。

在泰国，我这个"中土大唐"来的"猴王"
与泰国"猴王"切磋交流，并合影留念

美猴王在捷克的第七十三种变化

2010年上海世博会期间，我在报纸上看到捷克馆展出了捷克著名画家兹德涅克·斯科纳的美猴王的画作，吸引了众多海内外的观众。

兹德涅克·斯科纳曾于上世纪50年代访问中国，结识了齐白石、李可染、艾青、吴作人等艺术家。中国的灿烂文化让他心醉，看了《西游记》的故事后，他尤其喜欢上了美猴王的形象。回国后，他便创作了美猴王系列画作，让很多捷克人知道了《西游记》的故事。兹德涅克·斯科纳被称为"捷克的美猴王"，而他笔下的美猴王形象，也被称为"美

2010 年上海世博会期间，我与斯科纳先生的侄子——
小斯科纳先生见面，他赠送了我一本《斯科纳的美猴王》，
汇集了斯科纳先生绘制的 100 多幅《西游记》插图

猴王的第七十三种变化"。

　　原本我希望能见到这位老先生，但看了简历才知道他已于 1986 年
去世，这次是与他同名的侄子兹德涅克·斯科纳（小斯科纳）将"捷克
的美猴王"带到中国，用《西游记》和孙悟空来沟通两国人民之间的情
感，而捷克馆好像是世博会上唯一以美猴王为主题的馆。

　　经过与有关方面联系，我与小斯科纳先生终于在北京见面。小斯科
纳先生见到我时居然几次向我行跪拜大礼，并喜极而泣。他告诉我，《西
游记》和孙悟空在捷克非常有名，捷克有翻译成捷克文的《西游记》小
说，老斯科纳先生曾为小说画过插图，捷克还播放过译成捷克语的央视
版电视连续剧《西游记》，捷克的观众都知道中国的美猴王。

　　小斯科纳先生还介绍说，由老斯科纳先生插图的《美猴王》一书已

由捷克著名儿童文学出版社 Albatros 出版，相信美猴王孙悟空的故事将会给更多的捷克人带去美好的童年回忆。

在莎士比亚的故乡

2015 年 4 月 29 日，北京前门大街杜莎夫人蜡像馆，越南、泰国、加拿大、捷克、英国等多个国家的驻华使节来了，我扮上孙悟空美猴王的装束，和迟重瑞、马德华、刘大刚师徒四人一起进行了亮相。而这一切，只为了一件事：我所扮演的孙悟空形象成为英国杜莎夫人蜡像馆成立 200 年来首次入驻的神话人物形象。

这次合作也开启了我与英国长期合作的友好开端。最早杜莎夫人蜡像馆时任市场部经理赵楠女士找来的时候，我就对古老而又传统的英国产生了极厚的兴趣。在英国有一位世界文学巨匠莎士比亚，而中国的戏剧大师汤显祖，有"东方莎士比亚"之美誉。莎士比亚和汤显祖，都在公元 1616 年逝世。而吴承恩，同样是诞生于明朝的文学巨匠。

经过反复沟通，我和杜莎夫人蜡像馆达成了合作协议，并于 2014 年 11 月 5 日出访英国，在英国杜莎夫人蜡像馆总部完成了美猴王孙悟空的量身工作。整个量身过程历时 4 个小时左右，英国人做事认真细致，对于每一个数据的采集和处理，都达到了登峰造极的地步。

与此同时，我拜访了吉尼斯总部，与英国吉尼斯总部总裁和总编会面，洽谈西游文化与英国乃至吉尼斯纪录的合作与融合。

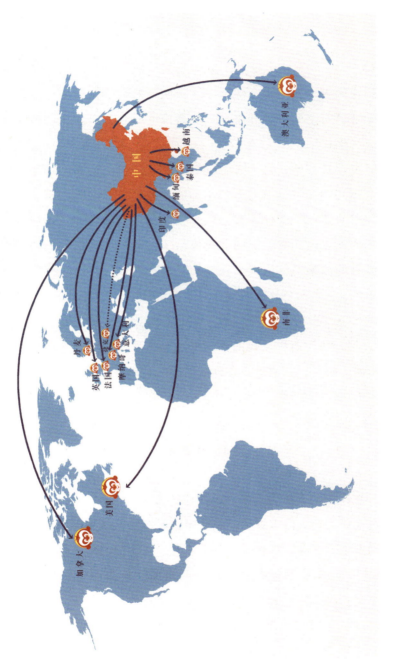

孙悟空一个筋斗云，越过十万八千里。多年以来，我也像孙悟空一样遍访各国，结交了世界各地的朋友

2015 年 2 月 14 日，我再次造访英国。两次对英国的访问，我先后在英国伦敦大学、英国牛津大学、英国伦敦大学金史密斯舞蹈与表演孔子学院进行了演讲，和来自世界各国的听众们分享了西游文化和中国传统文化。

英国观众最开始接触《西游记》的时候，他们认为的孙悟空就是一只与众不同的猴子。而对整部小说的印象，是一个和尚带着一个宠物猴子、一头猪、一个仆人和一匹马去旅行。我耐心地告诉他们这背后所代表的文化内涵时，英国朋友惊呆了，同时，吸引他们的还有我们猴王世家的故事。英国人难以理解，祖孙四代人，历时百年坚持演同一个角色，这个角色还是只猴子；而我，更是用 17 年的时间去扮演，他们觉得太不可思议了。

2016 年，热爱西游文化的英国朋友又注册成立了"六小龄童国际文化艺术研究院"，并邀请我有合适档期的时候再次访英。

三访加拿大

小时候，加拿大是我除了中国以外最熟悉的国家之一，毛主席的老三篇中有一篇《纪念白求恩》，我从中知道白求恩是来自加拿大的国际爱国主义人士。后来，我从事演艺事业，曾三次到访加拿大。

1988 年 11 月，应温哥华市市长的邀请，我到加拿大的温哥华参加圣若瑟儿童医院建立筹款义演，中国内地的演员还有著名歌唱演员、《红楼梦》的主唱陈力，香港地区有成龙、张学友、谭咏麟、郑裕玲等，很多加拿大的著名人士、官员、华人及留学生观看了演出。演出后，

胡蝶女士是我一直很崇拜的老一代艺术家。1988 年我去加拿大温哥华参加义演，机缘巧合得以到胡蝶女士家中拜访。这位老上海风华绝代的影后非常随和，她戏称自己有两个酒窝，是"美人窝"，称我下颌上的槽，是美男子标志

我第一个上台领取卑诗省省督林思齐（译音）先生颁发的"杰出华人艺术奖"。

1995 年，我第二次前往加拿大，随同中国文联组成的艺术代表团出访加拿大的温哥华、多伦多、卡尔加里等地，高占祥带队，同行的有黄宏、董文华、关牧村、梦鸽等，我们演出之余参观了加拿大尼亚加拉大瀑布——世界第一大瀑布。回想拍摄《西游记》时，我到过的黄果树大瀑布，是世界第三大瀑布，此情此景，令人感慨万千。

2009 年 1 月，我参加了在加拿大渥太华举办的 2009 年"五洲同春"

海外大型春节晚会的演出。这是我第三次到加拿大。

我非常喜欢加拿大的文化，也希望孙悟空成为中加两国人民友谊的桥梁。加拿大的教育世界著名，有多伦多大学、麦吉尔大学等世界著名的顶尖一流高等学府，我把女儿姐姐安排进了北京通州的中加学校学习，并让姐姐在前年赴加拿大学习。尽管我们舍不得掌上明珠远离家乡，但孩子总要开始独立生活。我们希望她把英语学好，为今后传播西游文化储备技能。在国内学英语和在国外学习是完全不同的，姐姐现在住在加拿大当地人的家中，交流都要说英语，她的口语很流利，这使我们感到很欣慰，希望她学成回国，帮助我传播西游文化，为加强中加人民的友谊做些事情。

在美人鱼的故乡

2004 年 2 月 27 日，在人民大会堂举办的"汉斯·克里斯蒂安·安徒生 2005"在中国系列文化活动启动仪式上，我与姚明先生、鞠萍女士等，被丹麦首相安纳斯·弗搁·拉斯穆森阁下任命为 2005 年纪念安徒生诞辰 200 周年亚洲区友好大使。

2005 年 4 月，我赴丹麦哥本哈根参加纪念安徒生诞辰 200 周年的全球纪念活动，来自 35 个国家的安徒生形象大使、200 多位嘉宾前来参加活动，丹麦女王玛格丽特二世三次接见了我们。我们还去了安徒生的故乡欧登塞，专程游览了安徒生的故居、纪念馆。我们从小看安徒生的童话长大，现在米老鼠、唐老鸭等很多新的卡通形象或多或少会对童话经典带来冲击，但经典还是经典，经过丹麦政府的积极努力，盛大的安徒生纪念活动在欧登塞开幕，来自世界各地、各个领域的大师级的艺术家共同合作，使安徒生及他的童话在世界上再一次引起了震动和关注。

2004 年 2 月，我被丹麦首相拉斯穆森任命为
2005 年纪念安徒生诞辰 200 周年亚洲区友好大使

2014 年 5 月 23 日，缅甸第一副总统赛茂康在首都内比都总统府会见我。他说："对于缅甸这样一个虔诚信奉佛教的国家来说，《西游记》必然会受到缅甸老百姓的喜爱。我也为自己有机会见到这样一位为了世界和平和发展不断做出贡献的中国艺术家而感到荣幸。"

2010 年年底，越南河内文化大学，我为观众们讲演

收藏如同取经，也是一种修行

收藏与孙悟空有关的一切

对我来说，工作和生活是结合在一起的。自从扮演了美猴王孙悟空，我就喜欢上了收藏跟孙悟空有关的东西，凡是与《西游记》、孙悟空、猴子、章氏家族有关的藏品，包括海报、书籍、铜像、摆件、木偶、面具、瓷器等，我都会收入囊中。无论是参加活动，还是出国访问，抑或是到外地拍戏，我总要见缝插针地去收集。哪怕是在北京的休息时间，我也不闲着。礼拜四全天报国寺最红火，礼拜六礼拜天潘家园最红火。我在北京只要不拍戏、不从事艺术活动，肯定雷打不动要去。老板都认识我，"章老师""猴哥""齐天大圣""孙悟空""六小龄童""六老师"……叫我什么的都有。

我每次去购买藏品，也会讨价还价一番。比如收藏杯子，我很喜欢，但我觉得对方开价确实高，我出 200 元，对方非要 600 元，差太多了；我出 400 元，对方又不卖，我就说不行，我一会儿再来看，或者现在我不要，下个礼拜再来。有几次是那个杯子一年都没卖出去，老在那儿摆着，最后降到我给的那个价格，对方就卖给我了。遇到这种情况，我觉得很好玩儿，并不是斗气儿。事实上，除了我，也很少有其他人会痴迷于西游文化类别的藏品。

　　我在收藏的过程中也吃过亏。有一次去买一套清中期的木刻版《西游记》，一共 20 本，老板开价要 1500 元，最后讨价还价到 1300 元。我匆匆忙忙给了钱拿走了，结果回去一看，少了两本，后悔不已。没想到，可能是由于收藏的缘分，大概两年以后，我看见那个人又在那里卖，就是那两本书，我把钱给那个老板，老板反而很不好意思。

　　其实，很多影迷也在为我收集喜欢的藏品，我会通过支付相关费用或者赠予纪念礼品作为酬谢。

　　在北京，我逛得最多的就是潘家园，潘家园旧货市场很大，分为地摊区、古建房区、古典家具区、现代收藏区、石雕石刻区等几个部分，我每次都会从门口的店逛起。

　　"老板，有吗？"我快步走到一个小摊前，向老板问道。

　　"是猴哥啊，现在还没有呢。"老板边忙边回答。

　　这时候我就会笑着点点头，接着去逛另一家店。偌大的潘家园，少说也有几百家摊铺，但绝大部分老板都和我很熟，一见我来，就知道是在找与猴子、《西游记》有关的藏品。而我则用"火眼金睛"一扫而过，跟每个老板愉快、简短地打着招呼。只要碰上能吸引我的藏品，我都会驻足仔细品鉴。

　　说起来，我的收藏情结，从小时候就有，因为出身猴戏世家，祖父章益生、父亲六龄童都有收藏的习惯，特别是收藏与猴戏相关的物品。等到我扮演了孙悟空之后，对收藏变得愈发狂热起来，并确立了所有的藏品都以"西游文化"为主题的目标。

　　潘家园有个小店老板，40 岁出头，是湖北黄石人，名叫王金山，主要经营古籍善本，很多年前就和我认识，后来渐渐成了朋友。因为在购买藏品时，许多老板都认为我是明星，有很多钱，所以价格要得比一般人要高，我就经常请王金山代我去买。王金山每次看到有什么与《西游记》有关的珍品，总会先买下来，再交给我，有的时候我买多了，拿不动，就先放一部分在王金山那里，等下次来的时候再取。

由于我对收藏的狂热，家里渐渐地堆成了"猴山"，我成了一个名副其实的藏"家"——家里到处都是藏品。有一次，妻子于虹半夜起床去洗手间时，突然看到举着金箍棒的孙悟空铜像盯着她，被吓了一跳。早些年她曾竭力反对我把各种藏品摆得家里到处都是，但后来渐渐理解了我的良苦用心，转而支持我，并主动帮我留意相关藏品。

自从迷上收藏以后，我把家里变成了"猴山"。看着站在"猴山"前搞怪的我那副扬扬自得的样子，妻子真拿我没办法

收藏改变了我的人生，带给我很多惊喜。2014年年底，我在英国牛津大学讲演时，无意中在牛津大学的书店淘到了唯一一本英文版《西游记》。2015年7月，我在法国巴黎郊区的一个跳蚤市场，居然淘到了从非洲一个原始部落里流传出来的木制猴脸，卖主是姐妹两个老太太，她们本身也喜欢收藏。当时我们还交流了关于收藏的很多心得，她们还许诺，再有跟猴子相关的藏品都会给我留着。2015年11月，在马来西亚吉隆坡街头地摊上，我淘到了近1米高的神猴哈努曼木雕，栩栩如生，十分漂亮，还淘到了各种各样流行于南洋地区民间的哈努曼面具。

在国外淘宝，会遇到很多有趣的事情。一次在地中海摩纳哥海岸，有各国的物品出卖，还有海盗盗来的不知哪个年代的东西。我从中发现了一种奇异古怪的扣子，上面有猴子的图案。摊主是个克罗地亚老人，他开价200欧元，我的助理小冯帮我砍价："20 Euros（20欧元）！"老爷子急了，拿起一把古剑，装作要自杀的样子，说："Kill me!（杀了我吧！）"小冯也拿起他摊上的另一把古剑，做出同样的动作，说："Kill me!"老爷子哈哈大笑，最后以70欧元成交。

我的藏品只收不卖

20世纪90年代我去甘肃参加活动，意外发现一块元代的"三王石"，1米多高，最上层雕了一只猴王，中间是虎王，最下面是龙王。在《西游记》中，孙悟空打过老虎，和龙王更是随时能开玩笑的莫逆之交。我立刻决定买下，对方开价3万元，我身上带的钱不够，就找当地朋友借钱买了下来。现在这块石头存放在江苏省淮安市的美猴王世家艺术馆内，有专家评估，说这块石头的价值已经超过了百万。

当然，不管它有多值钱，我都不会卖掉的。日常生活中，我不穿名牌，没有豪车别墅，对吃也很随意，经常一碗泡面就是我的工作餐。但不让我收藏可不行，我宁愿自己饿着肚子，也要把自己看中的藏品给买下来。许多人一开始不理解，还以为我要拿这些藏品来倒卖赚钱。实际上，多年来我收藏的成千上万件藏品，一件都没有卖出过，我"只收不卖"。至于这些藏品的去向，"捐到艺术馆去！"这就是我给出的答案。

早在 2004 年，我就捐给江苏淮安楚州区的美猴王世家艺术馆 1300 多件文物，价值高达 1000 多万元人民币。美猴王世家艺术馆占地面积 2789.5 平方米，馆内分为世家厅、艺术厅、演映厅、猴戏厅等，收藏有"猴王世家"几代人近百年来为猴戏艺术做出特殊贡献的纪念品、记录辉煌艺术历程的珍贵文物及戏剧用品 400 多件。这些珍贵物品包括：中央电视台及中国电视剧制作中心赠送的电视剧《西游记》中使用过的服装、道具及剧照、生活照，中国南北猴戏的历史及众多猴戏艺术家生平的介绍，各种"西游"艺术品陈列，赵朴初、关山月、万籁鸣、曹禺、姚雪垠、侯宝林等艺术大师的墨宝，各年代及各国的《西游记》小说和西游研究书籍、画册，元代道观遗物大型石雕"三王石"，"猴王世家"历代猴王的脸谱和金箍棒等等。

2012 年 6 月，位于上海市奉贤海滨度假区"上海湾"的六小龄童艺术馆正式开馆。馆内共有 3 层，藏品全部来自我的个人捐赠。

一层铜器馆，内有铜器近百件。仅雕塑类，就有活灵活现的师徒四人取经像、越南黄花梨制作的"孙悟空三打白骨精"雕塑、工笔画大师刘金友先生制作的铁质猴头等数百座，处处展现我国民族文化。

二层书画瓷器馆，藏品约 300 余件。所有的匾额、字画，均出自国

内顶尖书画大师之手。齐白石、徐悲鸿和韩美林先生画的猴，范曾的题词"深山神猿"，启功的"美猴王世家艺术馆"，赵朴初的"学无止境，业精于勤"，国画大师李可染画的《社戏图》……还有各种脸谱、形形色色的奖杯、民国时期的《西游记》烟标、与我相关的纪念邮票、各个朝代各个地方收集来的瓷器、明清时期《西游记》的各种版本。

艺术馆的三层，则有"三圣堂""吴承恩纪念堂""玄奘大师纪念堂"以及"六小龄童旧时住宅"，展品200余件。

7月26日，是历史上玄奘法师受皇帝召见，到达陕西铜川玉华山的日子，后来他在那里翻译佛经，直到去世。2015年的这一天，位于玉华山玄奘纪念馆里的"六小龄童艺术馆"正式对海内外观众开馆，馆内同样收藏了大批我个人捐赠的西游文化艺术品，以及玄奘法师铜像等藏品。

收藏是触及命运和心灵的方式

西游文化主题收藏，对我来说既是一项个人爱好，也与我毕生致力的事业融合在一起。平常一有时间，我就将自己置身于收藏品的深处，经常一待就是一整天。就连我身上的衣着、帽饰等生活用品，也都包含着世界各国美猴王及猴的元素。

收藏是人生的一种呈现，包含着收藏者自己的品味和收藏历程，因为藏品本身记录着时代和文化内涵。每个人的生命里都会有过这样的时刻——原本十分清楚、简单的事情，经过一段时光，逐渐变得模糊起来，但收藏会给你一条回家的路。收藏也是能够触及命运和心灵的方式，你

2016 年 2 月 3 日上午，英国吉尼斯世界纪录发布官方消息，宣布我获得"最大规模《西游记》纪念品收藏世界纪录"，圆了我多年的吉尼斯之梦

可以去欣赏，可以去想象，可以冷静，可以痴狂，可以逍遥自在，可以
感慨沧桑，甚至可以选择去遗忘。

　　西游文化主题收藏，对我来说，还是一种对话——与自己、与历史、
与另一个世界的对话。久了，就会觉得这是一种纯粹的修行，如同西天
取经，注定了九九八十一难，就不能再有其他杂念。在这个过程中，有
灾难，有和平，有欢乐，有痛苦，而自己所拥有的每一件藏品，都是一
次对信仰和远方虔诚的祭拜。

　　如今，我的女儿姐姐也会帮我搜集与西游文化相关的书籍、邮票、
台灯等物品，她在加拿大念书，视野广，着实帮我收集到了不少好东西。
可以说，西天取经之路有多远，我的收藏之路也就会有多远。

正常与不正常

活到 57 岁，这世界让我有些看不懂。形形色色的事情，都让我觉得，生活中有许许多多的正常与不正常：原本很多正常的事，如今却变得不正常；也有很多不正常的事，现在倒变得正常了。

正常的都变成不正常

不正常一：对人难道不该一视同仁吗？

"你这是干什么？有话为什么不能好好说？"

我板着脸严肃地对工作人员说，工作人员认出是我，立刻悻悻地走开了。

我在出席某活动时，发现一名工作人员对前来参加活动的群众推推搡搡，大呼小叫，我看不过眼，立刻出言制止。

那是在一个正规单位的公共场合，让我想不明白的是，对人客客气气、一视同仁，这难道不是我们这个社会应有的秩序吗？唉，这本应是多么正常的一件事，却在我们生活的方方面面，变得越来越不正常。

每次出门坐出租车，司机师傅认出我来，我都会满足他们的签名或是合影要求，也会和他们一路热聊，司机师傅则用他们那朴实的言语表达对我塑造的孙悟空形象的喜爱，每次我都会觉得特别感动。可是有一次，一位司机师傅的话让我印象颇深："不是所有名人都像您这样没架子，上次我拉某某某，那气派，一路没给我好脸儿，后来我干脆不拉了，停路边就让他下车。"对此我感到困惑，作为名人，难道不是更应该对老百姓客气一点吗？

有一次，我淘到了易碎的西游文化藏品，没敢托运，就自己用双手小心翼翼地托着去登机。因为登机口较远，一路上我不停问遇到的工作人员，登机口有没有变动？我得到的回答都是没有变动。于是我放心地走过去，十几分钟之后，当我走到登机口时，才发现登机口变了，在另外一个方向，还要再走十几分钟。我据理力争，质问工作人员为什么这么不负责任。当时和我一起质问的还有几个乘客，工作人员用极不客气的态度来应付。后来工作人员认出了我，态度立刻改变，对我说："老师，对不起。"我说："你们要对所有乘客说对不起，让大家多走了很多路。"

不正常二：演员敬业难道还需要称赞吗？

没有人生下来就是成功人士，成功人士所获得的一切都来自社会。比如我们演员，其实没有好坏之分，但却要注意尺度，演戏和生活都应如此，摆准自己的位置，才能走得更高更远。

2016 年的北京卫视春晚，我在后台候场时，因孙悟空齐天大圣装扮的翎子太高，为防穿帮，我匍匐于台侧良久。这一幕恰巧被人拍了下来，并配了一段文字："六小龄童老师敬业之深，观者无不动容。低得下金猴傲首，方才有九霄仰啸。昨夜北京春晚收视夺冠，横扫荧屏，非朝夕之功，乃聚沙成塔。晚会也好，作品也罢，你需要有凌云志，也要有脚下根，有些东西，别人是抄不走的。当你壮志未酬之时，记得看看眼前的孙大圣。"

　　其实，在我看来，这就是一个演员应当具备的职业道德和敬业精神，为了演出效果不惜一切代价，这很正常，也很平常。让我没想到的是，无数媒体争先恐后地报道这件事，并且纷纷称赞我敬业。虽然都是正面报道，但着实让我心里别扭了很长时间。后来一名网友的留言令我感慨颇深：

　　"老一辈的艺术家都是这样的，说话都很小心谦卑，做派就更令人称赞了。如果演艺圈都这样，那得出多少大艺术家啊！把自己放在低处，才能看到别人的高处。说起来容易，做起来难。"

不正常三：夫妻恩爱到白头难道是件很难的事吗？

　　每年的结婚纪念日，我都会和妻子于虹拍一张合影发到微博上。2015 年是我们结婚 27 周年纪念日，我照例发了微博，却意外成为各大媒体报道的头条新闻。夫妻恩爱并始终如一，白头偕老，这不是千百年来人类生生不息所传下来的很正常的事吗？为什么很多人觉得特别难得呢？这就值得我们每个人反思了。

不正常四：名男人就不能去菜市场吗？

　　说到这里，想起一件好玩的事。我平常不会买菜做饭，有一次出门，妻子嘱咐我顺路带一根山药回来做饭用。于是我谈完事，便买了山药拿回家。第二天，我看新闻，才发现自己拿着山药从菜市场里走出的过程被人偷拍了下来，还称赞我是"居家好男人"。妻子立刻笑话我，说：

"金菜，你这下子赚到了，好不容易出门买回菜，还让人给偷拍了，赢了个居家好男人的美名。"当然，这是夫妻间开玩笑逗趣儿了。

不正常的却被当成正常

正常一：开车加塞理所当然吗？

熟悉我的朋友都知道，我是不开车的，原因有二：一是因为我是大近视眼，开车不安全；二是因为我性子急，根本受不了插队加塞这些行为，如果看到加塞，我肯定要立刻下车理论。其实这个社会如果大家都遵守规则，是不会有这么多问题的，正因为很多人没有遵守规则，才造成了种种乱象。后来再遇到拥堵状况，我索性下车当起了"交通协管员"，大家认出我之后也都客客气气听指挥，我会和每个司机说："师傅，您先等等，让他先走，这样咱就都能过去了，成吗？"直到路人围过来和我拍照，眼看要造成更大的拥堵的时候，我才会重新上车。

正常二：男人摸女人不妥，女人摸男人没事？

有一点我一直没搞明白：在机场安检时，男安检员只能检查男的，这是对的；可是为什么女安检员既可以检查男的，也可以检查女的？这是男女平等吗？特别是夏天衣衫单薄时，女安检员给男乘客做安检，会让人感到非常不方便。据我所知，目前国内绝大多数机场都存在这样的情况。

是我"OUT"了吗？

我的"六快"与"六慢"

记得有个小品，节目的主人公叫"于三快"，意思是做什么事都够快。而我则是名副其实的"六快"：

一、走路快。还没看清人影，转眼就从别人面前飘过，只留下一抹红色。随行人员经常都是气喘吁吁地在我后面追。

二、说话快。一个小时之内，我能说出好几万字的内容，足够写一小本书的了。

三、反应快。不管是人还是事，只要给我瞥上一眼，我立刻就能心里有谱。

四、成名快。别的演艺人员要熬很长时间，有时候还要借助各种手段才能出名；而我要感谢时代，感谢命运，让我在20多岁的时候"捡"到了天上掉下的馅饼，年纪轻轻就凭一部《西游记》火了。

五、花钱快。如果有一条西游记主题的古玩街，我能从天刚亮逛到天黑，恨不得倾家荡产，把所有关于猴子以及《西游记》的东西统统收入囊中。只消一天，不论多少钱，管保都能花出去。

六、游学快。从2004年第一次走进校园开始，12年间，我马不停蹄地前往世界各地的800多所学校演讲。每次出行，我总是将时间表排得满满的，上一场活动快要结束的时候，司机要提前5分钟到达楼下，活动一结束，我立马疾步上车赶赴下一场，下车以后下一场活动紧接着

就要开始。

我永远都在赶场、赶场，不断地赶场……

很多人不理解，说您都已经家喻户晓了，为什么还要急着做这么多事，把自己折腾得这么累？您每一天的行程已经完全超出了一个57岁的人正常应有的速度和节奏，静下心来享受一下慢生活难道不好吗？

其实我也有"慢"的一面，与"六快"相对，我也有"六慢"。

一、拍戏慢。我的那部3D电影版《敢问路在何方》一直呼吁了十几年，直到2016年才得以正式开拍，个中艰辛，不言而喻。

二、建园慢。为了能让中国孩子有一片属于自己国家文化特色的乐园，我在很久以前就呼吁建立《西游记》主题公园，并为此奔波了十几年，直到2014年，该乐园才在江苏省淮安市吴承恩的老家破土动工。

三、成名慢。虽然我在二十几岁就凭借一部《西游记》家喻户晓，但是这部戏足足拍了6年。如果算上续集，前后则长达17年！我把人生中最美好的时光都倾注于此。

四、收藏慢。为了收集与猴子及《西游记》相关的艺术品，我几十年如一日，每到一地都会留意搜集，因此才有了今天的上海六小龄童艺术馆、淮安美猴王世家艺术馆、陕西铜川玉华山六小龄童艺术馆，几处艺术馆中摆满了世界各地关于《西游记》和猴子的收藏品，都是我本人捐赠。

五、游学慢。自从我2004年开始走进校园讲演，一讲就是12年。

六、"反应慢"。为什么我有那么多的"慢"呢？归根到底还是因为我"反应慢"：拍电影吧，我对剧本、创作团队与合作伙伴的艺术水准要求都十分严苛，近乎偏执，半点也不肯将就；建主题公园吧，不是以弘扬中国传统文化和猴王精神为主要目的的方案，我都不会考虑；而去学校讲演的初衷，更是特别简单，因为我看到媒体上报道，说我们国家的青少年喜欢胡编恶搞的影视剧，我不信这个邪，所以一定要跑到学校和同学们面对面交流。

快也好，慢也罢，总之我永远都有忙不完的事情，在弘扬西游文化这条道路上，我愿意永远做一名行者。

我不希望自己是"末代美猴王"

"孙悟空"也会老

我很感谢观众对我的厚爱，但是当网友说"我们心目中的孙悟空只有一个，就是六小龄童"时，我心里的压力也很大。有的网友甚至给我留言，说："我们心目中的孙悟空不可以老，我们不允许你老！"

我多么希望自己能像齐天大圣孙悟空那样，吃过王母娘娘的蟠桃、太上老君的仙丹、镇元大仙的人参果，可以长生不老。但是无奈我只是个普通的血肉之躯。我只能答应观众，尽量爱惜自己，保养自己。

我从不借助医疗手段进行保养，更不会去做整形，我遵循的是天然养生法：吃得清清淡淡，经常运动。我一直是个十分喜欢运动的人，每天都坚持练功，喜欢散步，平时能走路我都会坚持走路，最近我还参加了上海马拉松比赛。

只要观众还没看腻六小龄童版的孙悟空，我就愿意为大家一直演下去，演到我演不动为止。

"美猴王"的传人

　　我和妻子于虹只有一个女儿，我们视她为掌上明珠，我们很尊重她的选择，没有强迫她做"第五代猴王"。

　　我自己把传人的问题看得很淡，可是很多观众却不答应："章老师，您怎么能没有儿子呢？您没有儿子，那你们'猴王世家'不就没有传人了？您不就成了'最后的美猴王'了吗？"

　　自从二胎政策放开以后，很多观众又开始为我操心了，纷纷留言说，让于老师辛苦辛苦，再生一个小猴王。对于这些善意的提议，我和妻子只能一笑置之。一来妻子已经这个年龄，不一定能生；二来即便再生一个，也不一定能保证是儿子；第三即便生了儿子，也不一定就能保证可以演美猴王孙悟空。

　　冯骥才先生曾经说，我没有儿子，猴王家族没有了有血缘的传人，是一种"完美的残缺"，会带给人们无穷的想象。

　　我不希望自己成为"末代猴王"，因此专门创立了一个美猴王艺术学校，目的就是培养猴戏传人。此外，我还一直在筹划全球海选猴王传人，谁是猴王不是我说了算，而是全球观众共同决定的。在我看来，每个人身上都有孙悟空的影子，西游文化更多的是一种精神，可以传播给每一个人，每个人受到这种精神的影响都可以找到自己的位置。

　　总之，猴戏艺术绝不应该姓章，它应该属于中国，属于全世界。

孙悟空"大战"变形金刚

早在拍摄《西游记》的时候，我就发现，孙悟空固然令中国小朋友喜爱，但是米老鼠、唐老鸭等形象已经逐渐地与孙悟空的形象平分秋色了，我隐隐约约地感到一丝担忧。

当时我的女儿妞妞还很小，突然有一天，她侧着脑袋问我："爸爸，孙悟空厉害还是变形金刚厉害？"她那时候正在沉迷于动画片《变形金刚》之中，一看到变形金刚的神形百变，就兴奋得不行，觉得爸爸的"七十二变"好像有点相形见绌！

当时我的内心为之一震，我突然意识到，洋文化已经"策反"到我家里来了。确实，女儿小时吃的奶粉大都来自国外，穿的衣服上也都是米老鼠、唐老鸭等外国卡通形象。这样下去，不出几年，中国小孩吃的用的看的玩的，都会是外国的东西。这怎么行呢？难道我们的美猴王就真的比不过外国的变形金刚？米老鼠、唐老鸭的幽默，孙悟空也有；比起变形金刚的威猛，孙悟空也不逊色，为什么我们的美猴王就吸引不了下一代呢？

我不甘心，于是开始琢磨问题出在哪里。我一定要让美猴王战胜变形金刚这些"外来的和尚"，一定要让美猴王形象在全国甚至全世界发扬光大。美猴王的精神，他的不畏艰险，不屈不挠，赤胆忠心，难道不正是中华民族精神中那些最让人着迷的精华所在吗？

可是，我要怎样做才能斗得过"洋金刚"？洋文化有雄厚的资金和实力，而我却只是一个普通的演员。外人看来，两者斗法的话，真不在同一个重量级。但是我不怕，因为我有最重要的武器：孙悟空的形象已经流传了数百年，我们的传统文化博大精深，而孙悟空就是从这种文化中提炼出的精灵！我立志要"弘扬西游文化，振兴猴王精神"。

1993 年，我将美猴王形象进行了商标注册，成立了上海六小龄童文化实业有限公司。

1998 年，我随中央电视台去加拿大演出期间，一家加拿大公司愿出资 1 亿人民币买断 20 种美猴王商标的全球使用权，但是我拒绝了。为什么？我不是缺钱吗？我不是可以将卖商标得来的钱用来弘扬猴王精神吗？

我拒绝的理由是："我可以在中国任何一个地方去种地，但绝对不可能到国外去打工！"

就像当年齐天大圣对着玉帝大喊："玉帝老儿，你给我听着！俺老孙宁愿回我的水帘洞去，也胜过在这当弼马温受你的鸟气！"

将美猴王商标卖了，固然有了钱，可那样的话，"美猴王"不就给别人打工去了吗？我这一辈子也许都挣不来一亿块钱，但这钱我不挣！

"孙悟空"到了联合国

2016 年 2 月 5 日清晨，纽约暴风雪。

这是到达纽约的第三天，我一醒来就发现天气有变，窗外狂风呼啸，暴雪洋洋洒洒笼罩了整个世界，如同末日孤城。

我匆匆吃了早餐，简单收拾后便出发前往美国地标性建筑帝国大厦，和中国驻纽约领事馆总领事章启月女士以及帝国大厦总裁约翰·凯斯勒先生共同出席春节点灯仪式，在海内外各界媒体的见证下，我与章启月女士联手拉下大厦模型的电闸，迎来热烈掌声。

我此番受邀前来出席该活动，是因为帝国大厦会在猴年农历新春之际的 6 日和 8 日，亮起红色与金色相间的彩灯贺岁，并以帝国大厦顶部爬过的猴子图像，呈现独特炫彩的灯光效果。与此同时，帝国大厦位于第五大道的一楼大厅，正举办中央美术学院专为中国春节设计的猴年新春橱窗展，以孙悟空为灵感，融入了美猴王脸谱的设计元素，象征充满智慧与活力的新一年。

紧接着，我受邀前往纽约联合国总部，在那里专程录制了向全球华人华侨拜年的祝福视频，并被发布到联合国官网微博上播放，和潘基文秘书长的春节祝福视频放到了一起。

我在 2016 年农历猴年来临之际的这次访美行程，受到了海内外的

我在纽约帝国大厦出席春节点灯仪式

广泛关注，我的一言一行，一举一动，都成为公众讨论的焦点。后来在除夕夜回国的航班上，望着窗外的风云变幻，我百感交集。我从未想过，有一天可以将中国猴戏艺术带到联合国。想起刚到纽约的第二天，我在纽约时代广场亮相表演，世界各地的几千名观众围着我，满脸兴奋地看这只来自万里之外的东方的"猴子"。纽约州政府参议院还特意给我颁发了艺术终身成就奖。

令我印象颇深的是，一名美国影迷当场问我：

"你这只猴子和我们的蜘蛛侠、变形金刚等英雄人物有什么不同之处？"

我想了想，通过翻译告诉他：

"美猴王孙悟空是勇敢、智慧、正义的化身，发扬着中华民族积极

向上的精神，美猴王形象能在美国受到广泛喜爱，代表着华人对世界的贡献得到认可。"

以孙悟空形象亮相纽约时代广场，对我来说，还是第一次。在后台化装时，我小心翼翼地把祖父章益生、父亲六龄童、二哥小六龄童和我这章氏猴戏四代人的照片一一摆在梳妆台前。这个习惯从我开始扮演孙悟空时就有了，几十年如一日，这已经成为一种必备的神圣仪式。也许当我看着他们，他们也看着我的时候，会真的有穿越时空的交流和鼓舞，为我的每一次登场提供源源不断的力量和勇气。同时，我也深感其中的责任和寄托。当我戴上头套，粘上猴脸，从人变成猴，变成齐天大圣孙悟空的时候，我每次都会眼角发热。今年是我从艺50周年，也是中国农历猴年，回望西天取经之路，我一走就走了17年。而我们百年章氏猴戏世家的传承，更是一走就走了上百年。

我想，支撑我成功扮演美猴王孙悟空、终生献身于西游文化的推广和传播，以及将章氏猴戏进一步发扬光大的背后，更多的是一种坚持，一种拼搏进取、永不言败、不屈不挠的猴王精神！

吴承恩赋予孙悟空生命，我要赋予孙悟空灵魂

　　香港《文汇报》有评论："孙悟空是中国人的生命图腾，六小龄童是孙悟空的活化石。"说我是活化石，我不敢当，但是，说孙悟空是中国人的生命图腾，我是非常认同的。

　　孙悟空是中国人的超级英雄，凝聚了中国人自由超越的英雄梦想。要读懂中国，就要读懂《西游记》；要了解中国人，就要了解孙悟空。在拍完《西游记》之后，通过点点滴滴的努力，让猴王文化走向世界，是我一直努力追求的目标。

　　近几年，我去各个学校演讲，和同学们谈《西游记》，谈孙悟空，谈行者精神。从幼儿园到大学，从国内到国外，包括哈佛大学在内的近千所海内外学校，我与各个年龄段、各个种族的同学愉快交流。尽管各国理解有些不同，但我发现《西游记》是一个不分国度、不分政见、不分人种，男女老幼都能欣赏的艺术品。我如此有幸用 17 年时间以电视剧的形式呈现《西游记》，献身于这份艺术和智慧不朽的功业。

　　今年我与某企业合作，拍摄了猴王世家的微电影，承载着猴王精神和文化传承，得到亿万观众的喜爱，这是我没有料到的。我想，今后我和企业的合作，都会注入这种文化元素，努力给大家带来快乐和思考。

　　近年来，我与世界各地的教育机构合作，设立了一些西游文化的传播基地。如英国的中英文化研究院、吴承恩中学的六小龄童图书馆、云

南师范大学的六小龄童图书阁等等。愿自己的点滴努力，能让同学们在西游文化中快乐成长。

中美合作的 3D 电影《敢问路在何方》，我们正在筹拍，这部电影由《西游记》电视剧原班人马演绎，中方负责拍摄，美方负责技术协助。我们力争制作成一部东方艺术与西方高科技完美结合的电影。我们还会邀请中国内地和港澳台地区、日本、韩国甚至印度的演员参演。比如帅气的二郎神和小白龙，有可能邀请中国台湾或日韩演员出演；如来佛祖可能请印度知名的演员出演。全球演员与中国文化融合，是最好的文化传播。我希望能创作出真正代表国家走向世界的艺术作品，雅俗共赏，内行点头，观众叫好。

吴承恩赋予孙悟空生命，我要赋予孙悟空灵魂，并且让孙悟空真正腾飞起来。

六小龄童简介

六小龄童（1959— ）

著名表演艺术家，我国戏曲艺术大师六龄童的幼子，荣获国务院特殊津贴，中宣部"四个一批"人才，中央电视台国家一级演员。中国西游文化研究会副会长、英国中华传统文化研究院荣誉院长、英中文化友好使者、法中文化大使、日中儿童友好协会荣誉主席、泰中文化艺术交流协会永远名誉主席、越中文化体育旅游形象大使、缅中友好文化大使。曾获加拿大"杰出华人艺术家"称号，中国人民大学、云南师范大学荣誉教授，周恩来红军小学、雷锋小学、吴承恩中学名誉校长。六小龄童是中国内地影视界第一个先后登上牛津大学、哈佛大学、麻省理工学院讲坛的男演员。

已出版著作：

《猴缘》《六小龄童品西游》《听孙悟空说西游》《西游记（典藏版）》

已开设艺术馆图书馆：

2004年9月27日成立淮安美猴王世家艺术馆；

2012年6月16日开设上海六小龄童艺术馆；

2015年7月26日开设陕西铜川玉华宫六小龄童艺术馆；

2015 年 11 月 29 日在云南师范大学开设六小龄童图书阁；

2016 年 1 月 8 日在重庆设立六小龄童邮局；

2016 年 4 月 29 日在吴承恩中学设立六小龄童图书馆。

2014 年 10 月 15 日，六小龄童成为北京文艺座谈会 72 位代表之一。

2015 年 2 月 23 日荣获文化部、中国艺术家协会等颁发的"德艺双馨终身成就奖"。

2015 年 4 月 29 日，六小龄童所塑造的孙悟空形象成为英国杜莎夫人蜡像馆成立近二百年以来入驻的首位神话人物形象。

2015 年 7 月 7 日，联合国教科文组织总部授予、由尼斯副市长颁发"和平大使"荣誉证书。

2015 年 11 月 25 日在马来西亚吉隆坡获得"世界杰出名人榜终身成就奖"。

2016 年 2 月 2 日获"最大规模的《西游记》纪念品收藏"英国吉尼斯世界纪录。

2016 年 2 月 5 日获得美国纽约州政府参议院颁发的"艺术终身成就奖"。

2016 年 3 月 19 日被中国气象局聘为"2016 年度世界气象日公益形象大使"。

2016 年 3 月 26 日在美国纽约获得林肯艺术中心、纽约文化局、美华艺术协会颁发的"亚洲最杰出艺人终身成就奖"。

2016 年 4 月 8 日在中宣部的"讲好中国故事"座谈会上被聘为"讲好中国故事文化交流使者"。

2016 年 9 月 24 日被"世界杰出名人榜组委会"聘为"2016 世界

杰出名人榜"评选委员会荣誉主席、中国区推选委员会荣誉主席。

2016年11月21日被"世界杰出名人榜组委会"聘为"中马文化形象大使"。

2016年12月29日被聘为"印中文化交流大使""全印度比丘僧伽会副秘书长"。

2017年10月15日由六小龄童出任总制片人、总导演并出演玄奘大师的纪录片《一带一路 重走玄奘路》第一季在甘肃酒泉的瓜州、河南洛阳、玄奘故里拍摄。

2017年11月21日被马来西亚马来亚大学孔子学院授予"中马文化交流使者"。

2017年11月22日获得2017年"世界杰出名人榜世界文化名人"功勋荣誉奖。

2017年12月2日在安徽芜湖第五届中国国际动漫大会举行了"一带一路：六小龄童与西游文化"产业高峰论坛，并被聘为本届大会的"文化形象大使"。

2017年12月16日获得"2017国剧盛典终身成就巨匠"。

Brief introduction to Liu Xiao Ling Tong

Liu Xiao Ling Tong (1959—)

Liu Xiao Ling Tong is a famous performing artist and the son of the master of traditional Chinese Opera, enjoys the special allowance of the State Council, and is one of the "four 'first batch'" talents of the Propaganda Department of the Central Committee of the CPC, national class-A actor of the CCTV, vice president of China Research Society for Journey to The West, honorary president of UK Research and Development Center for Chinese Traditional Culture(UKCTC), Sino-UK cultural envoy of friendship, Sino-French cultural ambassador, honorary president of Japanese-Sino Children's Friendship Association, honorary life president of Thai-Sino Association for Cultural Exchanges, image ambassador to Vietnamese-Sino culture, Sports and Tourism, Burmese-Sino cultural ambassador, honorary professor of Renmin University of China and Yunnan Normal University, honorary principal of Zhou Enlai Red Army Primary School, Lei Feng Primary School and Wu Cheng'en Middle School and won the title of Canadian "Outstanding Chinese Artists". Tong is also the first Chinese mainland actor who once delivered a speech in Oxford University, Harvard University and MIT.

Liu Xiao Ling Tong wrote the book of *Monkey Luck* and book series including *Liu Xiao Ling Tong's Appreciation Of Journey to the West*, *Monkey King's Story of Journey to the West* and *collector's edition of Journey to the West*.

On September 27th 2004, Huaian Monkey King Family Gallery was founded. On June 16th 2012, Shanghai Liu Xiao Ling Tong Art Museum was founded.

On July 26th 2015, the Yuhua Palace Liu Xiao Ling Tong Art Museum was established at Tongchuan, Shaanxi Province.

On November 29th 2015, "Liu Xiao Ling Tong Bookstore" was established at Yunnan Normal University.

On January 8th 2016, Liu Xiao Ling Tong Post Office was established in Chongqing.

On April 29th 2016, Wu Cheng'en Middle School established Liu Xiao Ling Tong Library.

On October 15th 2014, Liu Xiao Ling Tong became one of the 72 representatives of Beijing Forum on Literature and Art.

On February 23th 2015, Liu Xiao Ling Tong won the Lifetime Achievement Award of Morality and Art issued by the Ministry of Culture and China Artist Association.

On April 29th 2015, the image of Monkey King shaped by Liu Xiao Ling Tong became the first mythical image in UK Madame Tussaud's Waxwork Museum since it was established near two centuries ago.

On July 7th , 2015,the UNESCO headquarter granted and the deputy mayor of Nice presented the ambassador of peace certificate to Liu Xiao Ling Tong.

On November 25th 2015, Liu Xiao Ling Tong won the Lifetime Achievement Award for the world's outstanding celebrity in Kuala Lumpur, Malaysia.

 On February 2nd 2016, he hit the Britain Guinness World Records with the largest-scale collection of Journey to the West souvenirs.

On February 5th 2016, he won the Lifetime Art Achievement Award presented by the New York State Senate.

On March 19th 2016, he was invited by China Meteorological Administration to work as the "2016 World Meteorological Day Public Image Ambassador".

On March 26th 2016, he won the Lifetime Achievement Award of Asian Greatest Artist presented by Lincoln Center for the Performing Arts, the Department of Cultural Affairs of New York and US-China Arts Council in

New York. Liu Xiao Ling

On April 8th 2016, at the symposium of "Telling the Story of China" held by the Propaganda Department of the Central Committee of the CPC, he was invited to be the envoy for cultural exchanges aimed at telling the story of China.

On September 24, 2016, he was appointed as Honorary Chairman of the selection Committee of the Worldwide Excellence Award 2016 and the Honorary Chairman of the selection Committee of the China region by the Organizing Committee of the Worldwide Excellence Award.

On November 21, 2016, he was appointed as the "Cultural promotion ambassador of China&Malaysia" by the Organizing Committee of the World Outstanding celebrities list.

On December 29 , 2016 , he was appointed as the "Ambassador of India - China Cultural Exchange" "Under - Secretary - General for All India Bhikhshu Maha Sangha" .

On October 15, 2017, the first season of the documentary of Master Xuanzang-"Belt and Road's return to Xuanzang Road"-as Liu Xiao Ling Tong being the chief producer, director and actor, was filmed in Guazhou, Luoyang, Henan, and Xuanzang's hometown in Jiuquan, Gansu Province.

On November 21, 2017, he was awarded by the Confucius Institute of Malaya University of Malaysia, "China-Malaysia Cultural Exchange emissary".

On November 22, 2017, he won the honorary award of "Worldwide Excellence Award world cultural celebrity 2017".

On December 2, 2017, Liu Xiao Ling Tong presented at the "One Belt And One Road:Liu Xiao Ling Tong and Journey to The West culture" industry peak BBS and was appointed as the "cultural ambassador" of the conference.

On December 16, 2017, he was awarded the"2017 TV Drama Awards Made in China Lifetime Achievement Master".

图书在版编目（ＣＩＰ）数据

行者 / 六小龄童著 . — 增订本 . — 武汉：长江文艺出版社，
2018.6 (2018.9重印)

ISBN 978-7-5702-0412-0

I.①行… II.①六… III.①随笔—作品集—中国—当代 IV.① I267.1

中国版本图书馆 CIP 数据核字 (2018) 第 083146 号

行者

六小龄童　著

选题产品策划生产机构 | 北京长江新世纪文化传媒有限公司

选题策划 | 金丽红　黎　波　安波舜

本书主编 | 冯伟杰

责任编辑 | 罗小洁　王赛男　　　　媒体运营 | 符青秧　　　　法律顾问 | 张艳萍

责任印制 | 张志杰　王会利　　　　内文制作 | Jing

版权代理 | 何　红　　　　　　　封面及插图摄影 | 张克强

总 发 行 | 北京长江新世纪文化传媒有限公司

电　　话 | 010-58678881　　　　　传　真 | 010-58677346

地　　址 | 北京市朝阳区曙光西里甲 6 号时间国际大厦 A 座 1905 室　　　邮　编 | 100028

出　　版 | 长江出版传媒 | 长江文艺出版

地　　址 | 湖北省武汉市雄楚大街 268 号湖北出版文化城 B 座 9-11 楼　　　邮　编 | 430070

印　　刷 | 天津盛辉印刷有限公司

开　　本 | 710 毫米 ×1000 毫米　1/16　　　　印　　张 | 19

版　　次 | 2018 年 6 月第 1 版　　　　　　　印　　次 | 2018 年 9 月第 2 次印刷

字　　数 | 220 千字

定　　价 | 68.00 元